LA CALIFORNIE

Bruno Masi est né en 1975 à Toulon. Après des études de lettres et de sciences politiques, il travaille comme reporter au service culture du journal *Libération* pendant huit ans, puis comme réalisateur pour les émissions *Métropolis* et *Personne ne bouge* diffusées sur Arte. Parallèlement, il réalise de nombreux reportages en Afrique, aux États-Unis et en Ukraine, où il tourne le documentaire *La Zone – Retour à Tchernobyl.* Il publie en 2011 un récit sur son expérience à Tchernobyl, puis son premier roman, *Nobody*, en 2012. En 2020, il publie *8 kilomètres*, une enquête sur la tuerie de Cuers, survenue dans le sud de la France en 1995. Son roman *La Californie* a obtenu le prix Marcel-Pagnol en 2019.

BRUNO MASI

La Californie

ROMAN

JC LATTÈS

ISBN : 978-2-253-93405-9 – 1re publication LGF

Ce matin, j'ai vu ma mère Annie pour la première fois depuis vingt ans. Elle était là sans vraiment l'être, mais durant quelques secondes, j'aurais parié que c'était bien son corps qui se trouvait au milieu de ma chambre. Elle se tenait debout, vêtue de son jean favori taillé près du corps, de son top rouge sans manches et de sa paire d'escarpins fuchsia. Elle avait une main sur une hanche, la tête légèrement inclinée et me regardait en souriant, comme lorsqu'elle me faisait comprendre que ça suffisait, qu'il fallait que je me décide à arrêter mes bêtises, ou à me lever car le soleil était déjà haut au-dessus des immeubles. Elle avait l'allure, le regard, et les expressions que je lui connaissais avant sa disparition, quand un matin sans crier gare elle s'est évaporée à la manière d'un peu d'alcool d'un flacon trop vite ouvert et laissé sur la commode.

C'était peu avant le début des grandes vacances. Ma mère Annie avait tiré d'un coup sec le frein à main de la 104, m'avait fait un smack, et avait ouvert la portière du bout des doigts pour que je descende de la voiture et rejoigne la cour du collège. Il n'était pas encore question qu'elle prenne la tangente, c'est arrivé quelques jours plus tard. Mais le projet était sûrement en cours d'élaboration dans un coin de sa tête, à moins qu'il n'ait surgi comme beaucoup de choses chez Annie, de manière spontanée, irréfléchie, urgente. Ce matin-là, j'ai retrouvé ma classe et, durant la pause, Noémie-Mélodie qui se tenait à l'écart du côté des toilettes m'a fait sentir l'odeur de son entre-jambe. Elle portait un short taillé dans un jean neige et un débardeur jaune échancré qui laissait voir le soutien-gorge que sa tante lui avait acheté au Prisunic du boulevard de Strasbourg. Je devais avoir quatre ans quand je m'y étais perdu, au rayon des pâtes. Un type énorme m'avait pris dans ses bras et ramené en larmes à Annie qui patientait à la caisse, un magazine à la main, visiblement convaincue de me retrouver d'une manière ou d'une autre. À cette époque, elle portait un carré couleur acajou, ses yeux étaient bleus et ses ongles longs et rouges.

Noémie-Mélodie a glissé sa main droite dans sa culotte et me l'a collée sous le nez. Ça sentait bizarre. Je suis ensuite allé en courant retrouver Abdé et Virgile qui tenaient les murs du côté des salles de troisième. Ils n'avaient rien raté du petit manège de N.-M. Ça leur brûlait les lèvres de la ramener mais ils se sont contentés de survoler la cour du regard, comme si cette zone recouverte de chewing-gums écrasés était leur domaine.

*

Un peu plus tard, quand je suis rentré à la maison après les cours, mon frère Dimitri était vautré sur le clic-clac à fleurs, la plante des pieds noire. Il regardait Roland-Garros en gobant des cerises. Il a beuglé *qu'est-ce t'as ?* Mon frère avait des yeux de larve, c'était fascinant. *Quoi ?* a-t-il hurlé. J'ai tiré la porte battante et suis parti dans ma chambre.

*

Trois jours après, c'était la Saint-Jean. Je me souviens de notre retour du gymnase derrière le prof de sport. Les frères Raccioni tapaient la sieste sur les bancs de la place devant le collège. La R5 blanche qu'ils se repassaient était garée à l'angle. Souvent, le soir, ils traversaient le quartier de Saint-Michel en klaxonnant et en hurlant à la fenêtre, une bouteille de bière à la main. L'un d'eux était torse nu, et je pouvais sentir depuis le trottoir l'odeur de sa transpiration. Virgile marchait devant moi et fixait les trois frères. J'avais baissé les yeux. Le plus âgé, celui qui avait les épaules recouvertes de poils, s'était redressé et l'avait regardé avant de se rallonger, un sourire aux lèvres. Virgile avait rajusté son sac sur l'épaule. Le prof avait appuyé sur la sonnerie du collège pour que le gardien ouvre le portail. Une sonnerie dure, de centrale. Cet échange de regards, c'était sûrement le début de ce qui s'est passé par la suite, le début des ennuis.

*

J'étais allongé sur le lit. J'avais mis un short africain qu'Annie m'avait rapporté de Dakar quand elle y était allée avec son copain deux ans plus tôt je crois. Je ne me souviens plus du prénom de ce type, seulement de sa moustache. Je fixais le plafond en écoutant Alain Chamfort *La Fièvre dans le sang*, puis mes yeux étaient descendus sur le fanion de l'AS Roma qui pendouillait à côté de ceux de Manchester United et de l'Inter de Milan. J'avais fermé les yeux et placé les mains sous la tête, c'était comme si j'entendais la mer. J'étais concentré, les paupières entrouvertes, et mes cils formaient des aiguilles semblables à celles des pins coincés sur le calcaire de la colline. En tendant les doigts, j'aurais pu sentir la chaleur de la pierre.

Mon frère est entré dans la chambre, un cône de glace à la main. Il a fait son inspection, a retourné des feuilles sur mon bureau et renversé mes figurines Star Wars. Il a soufflé fort et s'est gratté le ventre, il a soupiré, est resté un moment immobile puis il est ressorti sans un mot. J'aurais voulu lui rentrer dedans et le voir saigner, au lieu de quoi je suis resté allongé et j'ai rembobiné la cassette d'Alain Chamfort. J'avais envie de sentir quelque chose de bon ou d'entendre la voix de Noémie-Mélodie. J'ai pensé à ses cheveux que j'aimais bien, à ses lèvres, à ses fesses. J'ai regardé le poster de Jean-Luc Ettori, le ballon entre ses mains. J'ai pensé au cul de Noémie-Mélodie. Je ne lui avais pas encore parlé de mon projet de rejoindre la Californie, à peine en avais-je glissé quelques mots à Virgile qui avait haussé les épaules en disant *ouais, pourquoi pas*. J'ai longtemps gardé sous mon lit une boîte en métal de l'armée américaine avec, dedans, les éléments indispensables au voyage : une carte routière commandée à la librairie, et le journal de Lewis et Clarke, sur leur traversée du continent américain.

*

Le soir, j'avais pris mon vélo et rejoint Virgile sur la piste cyclable qui longeait l'autoroute. On s'était arrêtés devant la cabane du harki. C'était là que le vieux gardait ses chèvres. Avec un tel vacarme, les bêtes auraient pu devenir folles, et sauter par-dessus la clôture pour se sacrifier au milieu du trafic. Virgile avait regardé la cabane, les doigts coincés dans le grillage. Le ciel était doré et se reflétait sur les pare-brise des voitures. On aurait dit des rangées de scarabées qui grignotaient des bandes de terre noire. C'était comme si les bestioles avançaient vers nous, pied au plancher. L'or du ciel se reflétait aussi sur les ongles noirs de Virgile. *Pourquoi il vit là ce type ?* j'ai demandé. *Parce qu'il peut pas aller ailleurs, comme nous*, m'a dit Virgile.

*

L'école était finie depuis une semaine. Il devait être huit heures quand Annie est entrée dans ma chambre et s'est assise sur le bord du lit. Elle a enroulé le drap autour de moi, elle était à deux doigts de m'étouffer. *Bon anniversaire, mon chéri !* J'ai ouvert les yeux. Voilà, j'avais treize ans. Je suis né un 4 juillet, le même jour que les États-Unis d'Amérique. Annie me bassinait sans arrêt avec ça.

Ma mère s'est levée et a ouvert les volets. J'ai entendu le vent, j'ai vu la lumière vive. *Alors c'est quoi le programme aujourd'hui ?* m'a-t-elle lancé en collant son visage sur le coton et en ouvrant la bouche comme une revenante coincée sous la bâche d'une piscine. Je me rappelle j'ai souri, et j'ai répondu *j'en sais rien, Annie*. Elle m'a serré à nouveau, j'étais une momie dans un linceul, un insecte coincé dans la toile d'une araignée. Elle a appuyé ses lèvres contre les miennes à travers le tissu. Je pouvais voir ses pupilles devenues grises à cause de la blancheur du drap. Aujourd'hui, je sais qu'elle me fixait pour ne pas m'oublier. Après un moment, elle s'est redressée et m'a dit d'un ton sec *ne changez pas trop*, *Monsieur Marcus Miope*, avant de disparaître dans les effluves d'*Impulse*. Avant de disparaître tout court.

Annie ma mère n'était plus là depuis une semaine, dix jours peut-être. Je montais sur la marche en bois pour me voir dans le miroir de la salle de bains. J'avais fermé la porte mais j'entendais encore les Doors qui jouaient dans la chambre de mon frère. Musique de hippie. Mon torse était creux. Je rasais mes joues une fois par semaine et les poils avaient du mal à repousser. Mon frère m'avait dit que ça ne servait à rien de le faire si tôt. Lui avait attendu que des filaments noirs et entortillés sortent de son menton, on aurait dit des points de suture. Finalement, c'était Annie qui lui avait dit de s'y mettre. On était à table. Elle avait promis de lui acheter un rasoir et de lui montrer comment procéder. Je les regardais sans rien dire mais repensais au jour où elle lui avait montré un illustré d'éducation sexuelle. Ils étaient assis sur le canapé, le livre sur les genoux, Annie lui expliquait d'une voix douce ce qui se passait quand un homme et une femme se retrouvaient au lit. Elle lui montrait du doigt les dessins, puis ils se regardaient et souriaient.

Mes bras ressemblaient à des pattes d'araignée, longs, velus et sans relief. Personne ne m'avait jamais dit que j'étais beau et je comprenais pourquoi. Je m'en moquais même si ça devait être agréable qu'une fille le murmure à l'oreille. J'avais passé un gant sous les aisselles, puis je les avais aspergées d'un jet de déodorant. J'avais remis mon T-shirt et j'avais vaporisé encore du déo. En sortant de la salle de bains, j'avais percuté mon frère et il m'avait poussé contre le mur. *Tu pues,* m'avait-il dit, *tu vas où ?* J'avais répondu *voir Noémie-Mélodie.* Il avait dit *cette pute ? En plus pourquoi tu l'appelles comme ça, ça fait radasse.*

C'était la fin de l'après-midi. Elle était adossée au muret devant l'entrée de la copropriété. J'avais posé mon vélo à terre, mes aisselles étaient trempées, et j'avais serré les coudes pour dissimuler les auréoles sur mon T-shirt. N.-M. portait un débardeur violet. Elle avait des seins énormes. Ils formaient à la base du cou une sorte de plate-forme à quatre-vingt-dix degrés qui s'achevait en deux arrondis. Sa paupière gauche était légèrement fermée, au début je pensais qu'elle faisait exprès pour se rendre mystérieuse, mais c'était en réalité un truc de naissance. Je me souviens, on a mis un moment avant de commencer à parler.

— Ça va ?
— Ouais. Mes parents préparent les valises, on part dans la nuit.
— Ah bon ? C'est super.

— Oui, super. Ça m'angoisse les voyages de nuit. Mon père installe toujours ses planches sur la lunette arrière de la Rancho et on est obligés de dormir dessus. Et toi tu vas faire quoi ?

— Rien. Traîner.

— Avec Virgile ?

— Je ne sais pas. Il va partir avec son père en Italie.

— Chez les bouseux ?

— Ouais, y a des vaches là-bas.

— Là où je vais, y a la mer.

— Pourquoi t'y vas alors ? Y a la mer ici aussi, c'est pareil.

— Oui, mais mon père rabâche qu'il faut changer d'air.

Noémie-Mélodie m'a dit alors qu'elle devait remonter et m'a fait un signe de la main. Puis elle s'est arrêtée, elle est revenue vers moi et m'a embrassé. Ses dents ont heurté les miennes. C'était la première fois qu'on se roulait une pelle.

*

Il faisait un froid polaire et la place devant le collège était déserte. On était en plein mois de juillet mais le vent qui emportait les chaises en plastique à la terrasse des cafés était glacial. Les Raccioni avaient libéré l'endroit. J'avais mis une veste en jean que j'aimais bien, mon frère l'avait achetée l'année précédente en piquant des sous dans la cachette d'Annie. Le jour de l'achat de la veste, elle était rentrée tard dans la nuit. J'avais entendu ses pas mal assurés dans le couloir, puis le coup de pied qu'elle donnait à chaque fois dans la commode quand elle rentrait tard. Vers midi le lendemain, à son réveil, elle avait plongé à l'aveugle une main dans le lit de bébé en bois qui trônait dans sa chambre et saisi la boîte en carton dans laquelle elle jetait de temps à autre un billet ou deux. Sans doute avait-elle été surprise de ne ramasser que des pièces, mais elle n'avait rien dit et s'était tournée pour enfouir sa tête dans les oreillers. D'une voix plaintive, elle avait prononcé mon prénom.

Virgile et moi, on avait remonté l'avenue vers le collège sans parler. Comme tous les matins, j'avais sonné à l'interphone, puis il était descendu et on avait bifurqué à droite en direction de l'autoroute et rejoint la passerelle, avant de s'arrêter au-dessus de la deux fois deux voies pour regarder les voitures qui fonçaient en direction du centre-ville. On était ensuite repartis en longeant la boulangerie des parents d'Abdé qui était fermée le lundi, et la concession de véhicules utilitaires dont les fenêtres étaient murées depuis que le patron était parti avec la caisse, laissant ses trois employés sur le carreau.

On s'était assis sur un banc devant le collège. On n'entendait pas de sonnerie ni de cris du côté des primaires. Virgile avait la bouche ouverte, je ne savais pas pourquoi. Je me suis levé, et j'ai avancé vers le portail vert. J'ai attrapé un caillou et j'ai commencé à graver une croix sur le métal. La peinture s'écaillait. Virgile a redressé le menton et m'a dit *pourquoi tu fais ça ?* J'ai répondu *pour rien*, et il s'est rallongé sur le banc. J'ai fini la croix puis j'ai laissé tomber la pierre entre mes pieds. Elle a rebondi au milieu. J'ai fait couler un filet de salive entre mes lèvres. Un ténébrion s'est approché, sa carapace était blanchie par la poussière. Il s'est avancé vers la pierre et a essayé de grimper dessus avant de retomber sur le dos. Je me suis accroupi et l'ai regardé battre l'air de ses pattes. J'avais lu qu'un insecte retourné pouvait mourir d'épuisement au bout de deux minutes. J'ai commencé à compter. Je me suis demandé si finalement ces bestioles ne faisaient pas exprès de ne plus bouger pour qu'on ne les écrase pas. Une sorte de feinte. Déjà, ses pattes battaient moins vite, comme si ses articulations gagnées par la pierre devenaient plus dures à mesure que le temps passait. Je l'ai attrapé et l'ai montré à Virgile.

— T'as vu ?
— C'est quoi ? C'est dégueu.
— Moi je trouve pas.

Je l'ai gardé dans le creux de ma main. Il a commencé à parcourir le sillon de ma ligne de chance. J'avais envie de lui dire que ça ne servait à rien, qu'il n'y avait pas grand-chose à voir de ce côté-là. J'ai refermé les doigts sur lui et j'ai senti sa carapace vibrer. Je l'ai balancé de toutes mes forces en direction de la route et il a dessiné une vrille jusqu'à l'autre bout de la place. Je me suis rassis à côté de

Virgile qui s'était redressé. On a fixé la croix gravée sur le portail vert du collège.

*

Le lendemain, j'ai à nouveau sonné chez Virgile, mais cette fois j'ai monté l'escalier jusqu'au troisième. Il m'a ouvert la porte, torse nu, en short et claquettes. Dehors, les cigales faisaient un raffut pas possible, à croire qu'on avait mis des poignées de graviers dans une machine à laver. Il m'a regardé sans rien dire puis il est retourné dans le salon et s'est laissé tomber sur le canapé d'angle en cuir blanc que son père avait acheté un ou deux ans plus tôt. Il était tombé sur une promo à Soldomani et, en plus du canapé qui s'étendait sur une surface équivalente à celle d'un terrain de foot, les vendeurs lui avaient refourgué un ensemble bibliothèque-table basse en vernis laqué, blanc aussi. La bibliothèque était quasiment vide, seuls quelques bibelots ramenés par M. Botto lors de ses différentes missions prenaient la poussière, au milieu de deux ou trois livres dédiés à la voile. Virgile répétait sans arrêt qu'il était passionné par la mer. Son rêve était un jour de prendre le large et d'effectuer un tour du monde sans assistance, à la manière de Bernard Moitessier. Mais Virgile avait le mal de mer. Même un bain trop long suffisait à lui filer la nausée. Il espérait qu'une fois adulte cette malédiction disparaîtrait.

Les pieds en éventail, il regardait à la télévision la compétition de l'homme le plus fort du monde. Il adorait Jón Páll Sigmarsson, un colosse islandais qui pouvait soulever une charrette de deux cent cinquante kilos puis, sans même se rafraîchir le visage, porter des pierres lourdes comme trois hommes sur plus de cinquante mètres. Le type concluait chacun de ses exploits par un cri d'animal en direction du ciel. Virgile le contemplait, électrocuté.

Je connaissais Virgile depuis toujours. Ce n'était pas ce qu'on appelle un « meilleur ami ». C'était Virgile. On était ensemble aussi sûrement que cette bibliothèque accompagnait cette table basse. Jamais notre association n'aurait pu être remise en cause, même si elle pouvait paraître de mauvais goût. Il était tout ce que je n'arrivais pas à devenir : grand, musclé, viril ; à l'aise au milieu de n'importe quelle foule ; dragueur et capable d'emballer n'importe quelle fille ; courageux et beau. Je l'enviais mais sans le jalouser. Nous étions incapables de nous avouer notre attachement : à treize ans, les choses sont ce qu'elles sont et on doit s'en contenter.

Sigmarsson, assis par terre, était en train de tracter un canon de la guerre de Sécession pesant près de trois cents kilos. À chaque effort, son visage frôlait l'explosion et Virgile, toujours allongé, mimait sans s'en rendre compte ses grimaces de souffrance. Une fois la compétition remportée, Virgile s'est dressé et a levé les bras au ciel, avant de descendre d'un trait son verre de sirop menthe. Puis il s'est tourné vers moi : ses yeux s'étaient soudain embués de larmes. *Viens voir un truc*, m'a-t-il dit en m'attrapant par le poignet pour me tirer sur le balcon.

Ses pieds nus apparaissaient aplatis sur les dalles rouges de la terrasse. Ses jambes étaient velues, son torse encore plus large que d'habitude, mais son visage était celui d'un enfant de sept ou huit ans : deux grands yeux bruns et des lèvres rosées qui exprimaient une joie à fleur de peau.

Il s'est agenouillé pour tirer une caisse en bois recouverte d'un grillage sur lequel était posé un torchon à carreaux. Le fond était recouvert de paille et quatre poussins étaient blottis et piaillaient au milieu des brindilles. Virgile a ouvert l'étroite porte qu'il avait bricolée pour attraper un des volatiles et me l'a tendu. Je l'ai pris délicatement et j'ai senti la chaleur de son duvet, les battements frénétiques d'un cœur microscopique, la profondeur des yeux où se mêlaient la crainte et la gratitude.

Virgile avait baptisé chaque poussin mais n'était pas certain de pouvoir les distinguer les uns des autres. Il m'a dit que son père les lui avait rapportés deux jours auparavant d'une visite chez un client qui possédait une ferme dans l'arrière-pays. Il en tenait un autre dans le creux de ses mains qui formaient un igloo protecteur. L'animal paraissait si fragile entre les doigts épais de Virgile. Mais lui était prêt à tout pour le protéger.

*

Je regardais la lumière qui passait entre les volets et tapait sur le mur et le fanion de la Fiorentina. Les voitures roulaient à fond sur l'avenue en bas de l'immeuble. J'entendais mon frère et les Doors dans sa chambre. J'appuyais sur la touche « lecture » du radiocassette et Trisomie 21 avait retenti. Les mains sous la tête, je fermais les yeux, je pensais au terrain vague derrière la piste cyclable, le feu dans les ordures l'été précédent et cette vieille gitane qui courait en hurlant devant sa caravane qui partait en fumée. La porte de ma chambre s'était alors ouverte : mon frère en ombre chinoise dans l'encadrement. *C'est quoi cette musique ? T'es vraiment tordu, toi. Tu devrais en finir une bonne fois pour toutes, on serait tranquilles.*

Il s'était mis à rôder dans ma chambre et avait fait tomber mes casquettes de la marine américaine, je me redressai pour protester mais il s'était planté devant moi. *Quoi ? Qu'est-ce t'as ? Tu sais quoi ? Aujourd'hui, on va se balader. Mets un fut, on se tire.*

*

C'était la première fois de toute mon existence que mon frère me proposait de sortir avec lui. J'avais enfilé un short, un T-shirt, j'avais sauté dans mes baskets et m'étais planté dans le corridor, devant la porte d'entrée. Il était passé devant moi sans me regarder et avait disparu dans l'escalier en claquant des doigts pour me dire de le suivre.

La route qui menait au sommet de la colline de calcaire était étroite et sans muret de protection. Elle dominait la mer et rejoignait le ciel, encadrée par des rangées d'arbustes aux longues épines et des bosquets de romarins en fleur. Je riais et criais, sans m'arrêter. On roulait à fond dans la 4L, Dimitri m'avait dit de tirer le toit ouvrant et de me mettre debout sur le siège passager. J'avais l'impression à chaque virage de décoller au-dessus de la rade, de partir dans le vide, les bras et la tête dans le bleu du ciel. Il accéléra encore, et monta le son de *Light My Fire*. J'avais les joues cramoisies par le vent, et mon frère hurlait *alors c'est pas cool comme sortie, frangin ?*

On était rentrés le soir, un ciel rouge, mélodramatique, avait peinturluré l'autoroute. J'avais à la main le walkman qu'il venait de m'acheter avec les sous d'Annie. Mon ventre gargouillait car j'avais mangé trop de glace. Allongé sur le lit, j'avais glissé une cassette dans l'appareil. Je ne me souviens plus qui chantait quand je me suis endormi.

*

Je n'avais pas vu le premier coup venir. Une claque, je crois. Après, il m'avait attrapé la tête et l'avait projetée contre la porte du placard. Il avait refait ce geste plusieurs fois avant de me balancer son poing dans le nez. J'étais tombé par terre, il y avait du sang partout, je me souviens des coups de pied dans le ventre, j'avais mal, mais je ne voulais plus ouvrir les yeux, et voir les siens.

Les jours suivants, je n'ai pas mis le nez dehors. J'évitais de me montrer. Quand Virgile m'appelait, je lui disais que j'étais malade et je toussais dans le combiné. Je restais allongé sur le lit avec un gant froid sur les yeux. J'attendais chaque matin que Dimitri parte pour me lever, puis j'allais dans la salle de bains et comptais jusqu'à dix avant d'appuyer sur l'interrupteur. J'avais la lèvre supérieure barrée d'une croûte qui remontait jusqu'au nez ; mon œil droit était fermé ; j'avais aussi un bleu sur la joue gauche, au niveau de la pommette.

Les jours passaient, l'œil avait dégonflé et le bleu était devenu violacé, puis jaune pisse. Ma lèvre avait désenflé et j'avais enfin pu avaler autre chose que de l'Antésite. Certains matins, j'allais dans la chambre d'Annie en espérant la trouver allongée, mais son lit restait immanquablement tiré à la manière militaire. Les jours passaient, sa présence s'était diluée, il ne restait que certains gestes ou images que je maintenais gravés dans mon cerveau en fermant les yeux très fort. D'autres matins, j'imaginais son corps figé dans le congélateur fermé par un cadenas, et je tapais dessus pour qu'elle en sorte.

J'avais bloqué la porte de ma chambre avec l'angle de ma table de travail pour que Dimitri n'entre plus. J'avais posé ma figurine de Chewbacca dessus, elle faisait le guet. Un après-midi, j'ai eu l'impression d'entendre Annie me menacer d'appeler un de ses copains pour qu'il défonce la porte d'un coup d'épaule. J'ai collé mon oreille contre le bois pour mieux l'entendre et l'ai convaincue de laisser tomber. Mais il n'y avait personne derrière, j'en suis certain maintenant.

J'entendais Dimitri dans la journée quand il ne travaillait pas et restait dans sa chambre. Il mettait la musique à fond et chantonnait. Une fois, il s'est assis contre ma porte. Après quelques minutes de silence, il m'a dit à travers le bois *tu sais, tu as eu de la chance, j'aurais pu te faire sortir un œil avec mes doigts*.

Un après-midi, deux ou trois jours plus tard, il est rentré à la maison en compagnie d'un type dont je ne reconnaissais pas la voix. Mon frère n'avait pas d'amis, il traînait souvent derrière lui un ou deux paumés avec qui il partageait une canette de bière en bas de l'avenue. Chaque phrase du nouveau venu était ponctuée d'un drôle d'accent ; il posait toujours la même question ou exprimait une complainte que mon frère faisait semblant de ne pas comprendre. Le timbre grave de Dimitri résonnait. Il gloussait. C'était lui le chef, il le faisait bien comprendre à l'autre qui semblait sur la défensive, puis il a fermé la porte de sa chambre. Je n'ai plus entendu leurs voix mais le mur mitoyen s'est mis à vibrer à intervalles réguliers. C'était le montant en bois du lit qui tapait. J'ai entendu aussi des couinements expulsés les dents serrées, comme ceux de cette musaraigne que j'avais recueillie un an plus tôt et qui avait été à moitié écrasée par un vélo. Je l'avais délicatement posée dans une boîte à chaussures remplie de coton, mais la bestiole n'avait pas tenu bien longtemps et avait fini par crever au soleil derrière la fenêtre où je l'avais oubliée.

Une semaine plus tard, j'ai accepté de retrouver Virgile en bas de chez lui. Mon œil avait repris une forme normale mais la bouche restait enflée : si la croûte avait disparu, la lèvre supérieure était encore boursouflée. J'avais essayé de masquer l'hématome en étalant un peu de rouge à lèvres d'Annie avec le bout du doigt, mais dans la glace je ressemblais à un clown dégueulasse.

J'ai rejoint l'angle de l'allée menant à son immeuble et j'ai tout de suite senti le regard de Virgile qui se posait lourdement sur chaque partie de mon visage.

Toi, t'as pris des coups. C'est encore ton connard de frangin ? Je pédalais plus vite, il me rattrapait. Nous roulions au milieu de la chaussée et je sentais à nouveau ses yeux. *Putain, il t'a pas raté.* Je tournais la tête. *Tu t'es écrasé, comme d'habitude ?* J'entendais le ronflement de ses roues sur le bitume pareil à une centrifugeuse. *La vache, ton œil ! Le bâtard !*

On s'est assis sur un muret, au bord de la piste cyclable. La matinée était bientôt finie, il faisait chaud. Les cigales faisaient un tel vacarme qu'on se croyait dans un garage, au milieu d'une bande de types recouverts de cambouis en train de découper de la tôle à la scie égoïne. Virgile avait ramassé une poignée de glands secs et s'amusait à les balancer dans une bouche d'égout, de l'autre côté de la chaussée. Il s'interrompait parfois pour laisser passer un vélo ou des types qui faisaient leur jogging en mini-short. J'ai sorti de mon sac le walkman. Je ne l'avais pas quitté ces derniers jours. J'ai enclenché la touche « lecture » et placé le casque sur mes oreilles. *Sex Machine* de Crawling Chaos. J'ai regardé mes baskets en toile. Un trou s'était formé au-dessus du petit orteil gauche. J'ai pensé au ténébrion de la place du collège, le trou était à peine plus gros que la tête de l'insecte, il aurait pu s'y faufiler. Qu'était-il devenu ? Virgile a jeté un autre gland et a raté son coup. J'ai levé la tête et vu le reflet du soleil sur les feuilles de chêne vert percuter le bleu du ciel. *On y va ?*

On a quitté le tronçon ombragé de la piste pour s'engouffrer dans celui qui longeait la nationale. Les arbres autour étaient devenus cotonneux. Je ne parvenais plus à discerner Virgile devant moi. Il flottait dans un halo tremblant de chaleur au-dessus du goudron. La transpiration coulait dans mes yeux. Je l'essuyais d'une main. J'aurais pu me dissoudre dans la poussière qui baignait les vignes, ou parmi les gravillons que les pneus des voitures avaient crachés sur le bas-côté. Le ronflement des moteurs me faisait penser à un générateur, comme une fournaise où s'empileraient des carcasses de camions qu'on laisserait cramer jusqu'à l'évaporation complète des huiles et des peintures. Un nuage cireux flottait au-dessus de la terre battue. Mes membres étaient encalminés et un goût de pétrole avait colonisé ma bouche. Virgile avait disparu, je dessinais des zigzags, et mes jambes ont cessé de pédaler. Les doigts crispés sur le guidon, je distinguais encore les embardées des moteurs sur la nationale, un type, son buste nu à moitié sorti de la fenêtre d'une voiture hurla *hé, le môme, t'en as marre de vivre ?* J'ai vu la ligne blanche sous la roue de mon vélo, puis l'horizon a disparu et le bitume avec.

Quand j'ai rouvert les yeux, de l'eau tiède au goût de plastique me coulait sur le visage. Virgile était planté au-dessus de moi, sa gourde au niveau de la bite, comme s'il pissait. *Putain, tu t'es bien niqué encore.* Je me suis assis. J'ai vu le vélo en travers de la voie, le sang sur le genou, les gravillons collés aux coudes. *Mais qu'est-ce que t'as foutu ?* J'avais mal à la tête et le sommet du crâne brûlait. Je ne sais plus comment je me suis remis debout mais un énorme loup m'a tout de suite mordu l'estomac. J'ai boité jusqu'au premier arbre et j'ai vomi. Virgile a poussé un gémissement de dégoût.

Le retour s'est déroulé dans une semi-absence. Le visage au niveau du guidon, j'ai fixé la ligne pointillée et sursauté à chaque fois qu'un cycliste surgissait en face. Une fois arrivé, j'ai jeté le vélo dans le local collectif et suis monté à l'appartement. Mon frère était là, il m'a dit quelque chose que je n'ai pas compris. J'ai regagné ma chambre en titubant et me suis effondré sur le lit. J'avais un goût de vomi dans la bouche. Le sang sur le genou s'était figé et se craquelait déjà comme une flaque asséchée.

Je me suis réveillé et il ne faisait pas encore nuit, et les pépiements des martinets qui frôlaient les troncs des pins m'ont perforé les oreilles. J'ai regardé le poster accroché derrière la porte, Michel Platini dans le maillot de la Juve et son ballon me semblaient plus petits, rabougris même. J'ai enclenché le bouton de la radio et entendu la voix de Francis Zégut sur RTL. Un type qui concourait au Cri qui tue s'est mis à hurler dans son téléphone. Après ça, des guitares saturées ont retenti. J'ai pressé un oreiller contre mon ventre, pour me caler. J'étais un bateau que l'équipage avait déserté.

*

Sept heures du matin. Annie n'avait pas réapparu depuis trois semaines. J'étais dans la cuisine, torse nu. Une chaleur étouffante. C'était le premier jour de l'été, le véritable été, jour damné où le cerveau fond et colle aux rétines. Je venais de me lever, la peau et la bouche desséchées. J'avais attrapé un verre et l'avais placé sous l'eau du robinet. Elle coulait et débordait, puis j'ai descendu le verre d'un trait. Je le regardais posé sur la table, vide, et me rappelais la même scène un an plus tôt. J'avais entendu la clé qui tournait dans le verrou, la porte s'était entrouverte et le bruit caractéristique des clés qu'Annie avait lâchées dans le ramequin disposé sur la tablette à l'entrée avait résonné. À chaque fois qu'Annie avait trop bu, le tintement de son porte-clés contre la lave émaillée du réceptacle paraissait plus mat, plus dur.

Je l'avais entendue avancer dans le vestibule. J'avais vu son visage dans l'embrasure de la porte, son sourire niais, son regard amorphe et cerné, le rimmel qui avait coulé. Elle s'était approchée et avait voulu m'embrasser. Elle puait la vodka *cheap*. Ce matin-là, je l'avais repoussée. Elle n'avait pas compris pourquoi. Je lui avais dit *va vite te coucher. Quoi ? Quoi ? Qu'est-ce que tu racontes ?* J'avais tendu l'oreille vers le couloir qui menait aux chambres, inquiet d'entendre Dimitri se lever. Je lui avais répété *dépêche-toi. Je t'en prie, ne traîne pas.*

*

On avait pris nos vélos pour une journée à la plage, à côté des digues. On n'y allait pas souvent. Pourtant, on n'avait qu'un quart d'heure à pédaler pour rejoindre le parking et longer le mini-golf et le club nautique avant d'atteindre l'anse fermée par deux digues en pierre. On avait attaché nos vélos, et étalé nos serviettes sur la bande de sable. Virgile s'était avancé et avait touché l'eau du bout du pied, avant de se tourner pour m'indiquer d'une grimace qu'elle était encore gelée.

Pourquoi n'arrivait-on jamais à se sentir heureux, comme ces touristes contents d'eux-mêmes qui passent leurs journées entières sur la plage ? Je n'ai jamais éprouvé ce qui semble être une forme de plénitude, même vingt ans plus tard. Ce jour-là, tandis que le mois de juillet touchait à sa fin, en appui sur nos coudes, les corps plats, nous regardions autour de nous, et ce que nous ressentions, c'était de la solitude, comme si nous étions assis dans une salle de cinéma où se jouait un film dans une langue étrangère, au milieu d'une foule hilare. Mais ni Virgile ni moi n'avions le courage de l'admettre. Nous aurions pu en parler entre nous, nous livrer l'un à l'autre, et essayer de mettre des mots sur ce qui s'était mis à trembler à la surface de nos peaux blanches, avant de reprendre nos vélos et de nous tirer. Peut-être avait-on trop vu cette plage le reste de l'année, l'envers du décor, peut-être était-il trop difficile de jouer le jeu et de nous faire croire que tout ce qui nous entourait avait un tant soit peu de vérité. Mais on est trop sérieux à treize ans. On n'avait pas encore compris que les artifices sont les seules choses qui valent la peine. Ils octroient une pause au milieu de la laideur ambiante.

Une goutte de transpiration avait coulé de mon cou, elle était restée coincée dans le creux formé par les os de ma poitrine. Virgile avait les yeux fixés sur le côté gauche de la plage et sur trois filles assises au bord de l'eau. Elles avaient de longues mèches blondes, et la peau satinée par des heures de bronzage. Celle assise le plus haut sur le sable était à peine plus âgée que les autres et tenait une cigarette entre ses doigts ; la deuxième nous tournait le dos ; la dernière était face à nous, et je ne pouvais plus la quitter des yeux.

Virgile a grogné un truc que je n'ai pas cherché à comprendre. Je n'étais plus là, le regard vissé à ce visage, aux perles d'eau accrochées à ses épaules, à son ventre, à ses jambes.

Elles se sont levées, elles ont passé leurs mains sur leurs fesses pour en enlever le sable collé et sont entrées dans l'eau. Le vent forçait, comme souvent en fin d'après-midi. Il projetait des gouttelettes en contre-jour sur leurs tailles. Elles se sont mises à nager et se sont éloignées du bord, on entendait leurs rires entre deux phrases d'une langue incompréhensible.

Virgile s'est redressé et sans prévenir a piqué un sprint et plongé tête la première dans la vague qui arrivait sur le bord. Son crâne a réapparu à deux ou trois mètres d'elles, puis, après quelques phrases échangées, les quatre paires d'yeux se sont tournées vers moi et Virgile m'a fait de grands gestes *vas-y viens, dépêche-toi !*

La houle poussait d'énormes rouleaux sur le sable. Le soleil déclinait et le vent soufflait du pollen sur l'écume. Elles s'appelaient Pénélope, Christina et Marine, et venaient de Norvège. Les vagues grossissaient et nous emportaient à chaque fois. Pénélope et moi, on se laissait engloutir sous la surface de l'eau, encerclés par les algues et les bulles d'air, secoués dans tous les sens puis abandonnés quand la mer se retirait. On était comme morts, et on se laissait remonter à la surface sans bouger, avant qu'une nouvelle vague, encore plus violente, ne nous propulse vers le fond.

À chaque fois, mon corps percutait le sien. Je sentais la chair de poule sur ses bras, le tissu de son maillot qui lui collait à la peau, ses seins, ses fesses, sa nuque étroite sous ses cheveux que l'eau ramassait sur ses épaules. J'ai quitté les vagues et me suis tourné vers Pénélope qui m'a regardé et m'a souri. Mes oreilles bourdonnaient. Chacun de mes muscles était mâché. Éreinté mais à fleur de peau.

*

Virgile était assis sur le parapet de la passerelle, au-dessus de l'autoroute. Ses jambes pendaient dans le vide. J'étais accoudé, à côté de lui. Je regardais les voitures qui filaient sous nous. Je ne les voyais que deux ou trois secondes avant qu'elles ne disparaissent sous nos pieds, happées par le noir du goudron. On ne parlait pas et le ciel était gris. Il faisait un froid étonnant pour un 30 juillet. À la télévision, la présentatrice de la météo avait prononcé le mot « record », on n'avait pas connu un tel froid en cette saison depuis 1900 quelque chose. J'avais enfilé la veste en jean de mon frère. Virgile portait un bermuda bleu roi. Il n'avait jamais froid. Son visage fixait le point de fuite de l'autoroute, vers les buildings de la ville. Les muscles de sa mâchoire se contractaient. À quoi pensait-il ? Il semblait perdu au milieu d'images qu'il ne parvenait pas à identifier. Il s'est tourné vers moi et m'a demandé si je n'avais pas envie de faire une connerie. J'ai sondé son regard et tenté de comprendre ce qu'il voulait me dire. Avec un sourire, il a prononcé le nom des Raccioni.

Un énorme soleil rouge s'est lié aux immeubles, semblable à un ciel de manga. J'ai regardé le trottoir qui disparaissait derrière la passerelle et j'ai aperçu une femme qui avançait à tâtons. Elle tenait devant elle une canne blanche. Elle portait une robe blanche boutonnée sur le devant, et des sandales rouges qui rappelaient le rouge à lèvres vermillon qu'elle avait posé avec soin sur ses lèvres. Ses cheveux étaient coupés court, et d'un noir profond. Il y avait de la détresse en elle, ou de la frustration, ou quelque chose qui y ressemblait.

J'ai descendu la rampe de la passerelle pour la rejoindre, et je me suis approché d'elle, pour lui parler doucement. *Bonjour m'dame. Je peux vous aider ? Vous avez perdu un truc ?*

Elle a redressé la tête et m'a regardé de ses yeux aux pupilles vitreuses. Tout son corps était tendu vers l'avant. C'était une Asiatique, une Japonaise peut-être. Elle aurait pu tomber. Elle a soupiré, puis la seconde d'après s'est exclamée *on a tous perdu quelque chose*. Ses yeux laiteux dans les miens. *Perdu quelque chose, c'est certain !* Et face à mon silence *on a perdu nos vies pour rien*.

*

Je pédalais à fond, l'avenue défilait sous la roue avant du vélo, le ciel était couleur rose dégueu, je répétais *je sens les larmes qui coulent sur mes joues*, c'est le vent qui fait pleurer, la haine et la rage font pleurer, je pédalais encore plus vite et les larmes coulaient le long de mon cou. J'accélérais, mes jambes brûlaient, les poings serrés sur le guidon, c'est la peur qui fait pleurer, je pédalais et la mer noire s'est avancée et a recouvert la baie. Je voulais être triste mais sans pleurs.

Je posais le pied à terre, le manque d'air me brûlait la poitrine, j'entendais les vagues, et le noir gagnait le ciel, gagnait mes yeux et ma tête. Je flottais. Je pédalais à nouveau et dessinais des cercles sous les lampadaires du terrain de basket. J'étais seul à des kilomètres à la ronde sans connaître l'heure. Sous les halos de lumière blafarde, les gravillons étincelaient comme des strass vendus sur le marché. J'ai tendu l'oreille et cru entendre le frottement de semelles sur les pavés de la promenade. Je n'ai plus bougé. Une silhouette s'est approchée, c'était un homme grand et fin, il portait un survêtement sombre. Sa tête était dissimulée sous une capuche. Il s'est avancé d'un pas lent qui ondulait au-dessus du sol. Je l'ai regardé approcher du terrain de basket. Il a franchi le muret et s'est assis pile en face de moi. Je ne bougeais plus. Il s'est redressé mais, sous la capuche, je ne pouvais voir qu'un trou noir. Il a posé les avant-bras sur ses cuisses et m'a fixé sans dire un mot, puis il a tendu le bras et a pointé un doigt vers moi. C'était l'Été qui me regardait.

*

Les jours s'enchaînaient. Il m'était devenu impossible de les situer sur le calendrier de la glande. Un mardi était un dimanche, ou le contraire. Je m'en foutais royalement. L'appartement commençait à sentir sérieusement le renfermé. La vaisselle s'amoncelait dans l'évier, au milieu des boîtes de conserve vides que ni mon frère ni moi ne prenions la peine de jeter. Il devait être 10 heures et je venais de me lever. J'avais la dalle. J'entrais dans la cuisine et tombais sur Annie. Elle était assise sur une des chaises en bois. Elle tenait son sac à main sur les genoux et se remettait du rouge à lèvres. Elle portait les mêmes habits que la dernière fois : un haut fuchsia avec des fronces aux épaules, un jean brut serré et des talons noirs dont le bout était un peu râpé. Elle m'a tendu une carte postale de Noémie-Mélodie. J'étais torse nu et portais un caleçon avec des vagues dessinées dessus. J'ai regardé la carte : divisée en cinq cases avec quatre monuments anciens d'une ville inconnue et la mer au centre. Je suis parti dans le corridor, et j'ai cru entendre Annie soupirer *oh ça va, tu peux la lire devant ta mère quand même*. Je suis revenu dans la cuisine mais elle avait disparu.

Ici la mer est plus froide et on s'ennuie sur les dunes. Et toi ? T'as changé de chemise ?

Je regardais les monuments : le casino, le tribunal, l'église, l'hôtel de ville. Je coinçais la carte derrière le radio-réveil et la fixais un moment. J'imaginais Noémie-Mélodie en tongs et minishort qui traversait avec son père la place du marché devant l'église. Je pensais à elle, puis à Pénélope et au fin duvet sur sa lèvre. Je récupérais son numéro griffonné sur un bout de papier roulé dans la poche arrière de mon short. Pourquoi N.-M. me parlait-elle de ma chemise ? Je regardais le poster de Michel Platini et le ballon entre ses pieds.

L'après-midi, j'avais rendez-vous avec Pénélope sur la digue, près de la plage. Le vent en provenance de l'est formait des vagues grises qui recouvraient la roche. J'avais froid. Je me suis approché et l'ai vue. Elle portait une veste en jean, un pantacourt beige et des tropéziennes. Ses cheveux étaient détachés, ça lui allait bien. Elle est venue à ma rencontre, elle a hésité puis m'a roulé une pelle. Sa langue ne tournait pas trop vite, sa main était posée sur ma nuque. Elle sentait bon. Je me suis senti vidé d'un coup, comme aspiré de l'intérieur.

On a marché sur les rochers, puis sur la contre-allée. On se tenait la main et j'avais peur de croiser quelqu'un que je connaissais. Déjà à l'époque, les jeunes couples me filaient une angoisse pas possible, un truc en lien avec leur empressement à imiter les plus vilaines habitudes de leurs vieux, ce qui générait en moi des tonnes d'images de mort et de réanimation, de corps bouffés par les insectes et de bocaux avec des bestioles aux peaux desquamées qui baignent dedans. La mer agonisait à quelques centimètres de nos pieds. Le vent avait forci et les nuages s'amoncelaient au large. Toutes les deux ou trois minutes, on collait nos bouches l'une à l'autre et nos langues s'enroulaient. On ne se parlait pas, ou quand elle le faisait, je ne comprenais rien. J'ai senti ses dents à plusieurs reprises mais ça ne m'a pas trop dérangé. J'ai glissé une main sous sa veste en jean mais elle l'a repoussée en essayant de ne pas me vexer. J'ai essayé de la glisser entre ses cuisses : elle m'a laissé caresser un peu l'endroit de sa chatte à travers le tissu puis elle m'a dit d'arrêter.

Un type en planche à voile fonçait entre les vagues, il tirait des bords entre les deux pointes de récifs. J'ai encore embrassé Pénélope en glissant ma langue un peu plus loin dans sa bouche pour faire diversion alors que je déboutonnais son short. J'ai ouvert un œil et vu le véliplanchiste, j'ai senti la culotte de Pénélope qui était mouillée, mais elle a resserré les cuisses et j'ai dû me calmer.

J'avais les mains dans les poches et Pénélope me tenait le bras, sa tête posée contre mon épaule. L'image que nous devions renvoyer me filait la nausée et j'avais envie de la repousser ou de la gifler mais je me retenais en espérant toucher ses seins avant de la quitter. On marchait le long de la digue, il faisait presque nuit à cause du vent d'est. À l'arrêt de bus, je lui ai dit que j'allais rentrer à pied. Elle m'a embrassé puis de loin a dessiné un combiné avec ses doigts levés. J'ai dit *oui* de la tête puis j'ai tourné à gauche dans l'allée.

*

Les avant-bras posés sur le rebord de la passerelle, Virgile regardait la ligne des buildings. Il portait un short jaune et les mocassins de son père en suède. *Tu l'as baisée ?* m'a-t-il lancé, avant de lâcher un jet de salive sur les voitures en dessous. Je n'ai pas répondu, la vérité n'avait de toute façon aucune importance. *Ouais, on s'en fout*. J'ai regardé ses pieds. *T'as pas chaud là-dedans ?* On a pris la descente en colimaçon et remonté l'avenue en direction de la place du collège. Elle disparaissait sous la lumière blanche du soleil de midi. Les cigales avaient infesté les platanes et les acacias. Depuis les volets entrebâillés d'un appartement au premier étage d'un immeuble situé à l'angle gauche de la place, un téléviseur répandait les sons du journal de 13 heures. On entendait le présentateur parler des fortes chaleurs dans le Sud, d'incendies, des vacances du Premier ministre Laurent

Fabius, et du prix des fruits et légumes sur les marchés. Virgile s'était allongé sur le parapet, une jambe fléchie et le visage légèrement incliné sur la gauche. Je ne savais pas s'il prenait cette pose pour copier les frères Raccioni ou parce qu'il était fatigué. Il a coincé les mains sous sa tête.

Je me suis avancé vers le portail du collège et j'ai plaqué le visage dans l'embrasure. La cour était déserte, des palettes en bois étaient entassées sur le côté gauche du porche. Une sandale en plastique avait été oubliée au milieu. Mais par qui ? Tout était à l'abandon. La ville entière devait être touchée par une épidémie de peste bubonique et je m'attendais à voir débarquer des zombies d'un moment à l'autre.

Je me suis retourné vers Virgile, il s'était redressé. Sans dire un mot, on a repris le chemin de la passerelle. En haut, on regardait les files de voitures qui rentraient de la plage ou du boulot. Virgile a craché, moi je comptais le nombre de voitures étrangères. J'avais chaud, la peau de mon cou tirait, je la frottais avec la paume de ma main dans laquelle j'avais mis un peu de salive. Mes doigts étaient noirs. Je ne me souvenais plus quand j'avais pris une douche pour la dernière fois. J'étais fatigué, j'avais envie de retrouver Pénélope. J'ai marché vers la rampe de la passerelle pour descendre. J'ai senti que Virgile me regardait partir. Une voiture est passée dessous, la musique à fond. Je suis descendu, et Virgile a couru derrière moi et m'a poussé fort dans le dos. Je lui ai dit *c'est quoi ton problème ?* Il n'a rien répondu. On est restés l'un en face de l'autre. Nos yeux étaient soudés, j'avais l'impression qu'il voulait dire quelque chose mais aucun son n'est sorti de sa bouche. Il était torse nu. Son visage avait changé, les os de sa mâchoire dessinaient un angle, ses sourcils étaient plus épais, on devinait le tracé de sa barbe. Je l'ai regardé, sa lèvre supérieure s'est mise à trembler. J'ai vu le blanc de ses yeux et j'ai dit *viens, on rentre*. Il m'a dit *OK*.

*

Les poussins grandissaient de jour en jour, ils étaient beaux et pleins de vie. Virgile m'en parlait à chaque fois que nous nous retrouvions. Il disait qu'il voulait construire un enclos plus grand, toujours sur le balcon. Une fois adultes, il les placerait chez une amie de son père qui avait un jardin et il pourrait aller les voir tous les week-ends.

*

On avait pris un bus longue ligne dans le centre-ville pour rejoindre la fête foraine. C'était trois jours après notre sortie à la plage. Le mistral soufflait toujours autant et je repensais au type sur sa planche à voile. Peut-être était-il encore dessus, tirant des bords malgré le froid, la nuit, l'ennui. Des nuages barraient le ciel de traits mauves. J'avais enfilé une chemise et un pull et les Norvégiennes des robes courtes et blanches, et des sandales. Je regardais Pénélope et la trouvais canon ; elle s'en est rendu compte et a dit un truc à ses cousines qui se sont mises à rire. Quand on est arrivés aux abords du parc d'attractions, près des salins, des dizaines de voitures occupaient le parking. On a longé les rochers artificiels avant de passer sous l'arc de triomphe en plastique. Un monde en contreplaqué et ampoules 15 watts s'ouvrait devant nous et ça sentait la barbe à papa et la pizza, la glace à la vanille et la graisse de moteur pour autos-tamponneuses. Les palmiers se tordaient sous le vent, et le froid voulait nous tuer.

On a marché au milieu des allées et la première attraction que les filles ont voulu tester, c'était une chenille désarticulée qui passait dans un tunnel et d'où les gens ressortaient en se marrant. Je m'installai à côté de Pénélope, derrière ses cousines qui déjà levaient les bras. Ce qui me motivait, c'était de poser ma main sur son genou et de sentir le parfum dont elle avait arrosé sa peau. J'avais envie de l'attirer à l'écart et de glisser mes doigts sous sa robe, de sentir le coton de sa culotte pour en écarter l'élastique.

La deuxième attraction qu'elles ont choisie, c'était un train fantôme tiré du film *Massacre à la tronçonneuse*. Pénélope avait peur mais elle souriait. On s'est assis dans les wagonnets, on a bouclé nos ceintures et les roulettes du véhicule se sont mises en branle et nous ont propulsés dans un couloir sombre.

J'ai passé la majeure partie de la traversée la tête dans le cou de Pénélope et mes doigts ancrés dans sa cuisse. Quand j'ai rouvert les yeux, le tueur se tenait face à moi et brandissait sa tronçonneuse au-dessus de lui. Il a mis en route l'engin et a fait semblant de l'abattre sur nous. J'ai eu tellement peur que je suis tombé dans les pommes. C'est Pénélope et le propriétaire du train fantôme qui m'ont ranimé.

La nuit avait recouvert le parc d'attractions mais le vent était encore fort. Je marchais derrière les filles et je me sentais ridicule. Virgile lui ne se serait jamais évanoui. Il aurait abordé le manège avec un sourire en coin et il aurait enveloppé Pénélope de ses bras épais. Moi, j'étais transi de peur à cause d'un masque en papier mâché et d'un pauvre type brandissant une tronçonneuse en plastique.

J'ai regardé Pénélope qui discutait avec ses cousines. Elles riaient et j'étais certain qu'elles se moquaient de moi. Elles se sont approchées du Palais des glaces, ce genre de parcours où l'on finit toujours par se prendre une vitre en pleine figure. Côté humiliation, j'avais donné. J'ai décliné et les trois filles se sont éloignées.

J'étais seul au milieu de l'allée et je me suis dirigé vers les machines où il faut manipuler un crochet pour gagner une peluche. J'ai cherché une pièce au fond de ma poche et, quand j'ai voulu l'enclencher dans l'appareil, j'ai senti une main se poser sur mon bras. Pénélope m'a regardé et m'a souri, puis elle m'a pris la main et m'a attiré sur le côté du semi-remorque.

Il faisait froid et elle m'a embrassé. Elle a commencé à lécher mes lèvres avec le bout de sa langue. J'ai glissé ma main sous son T-shirt et j'ai senti ses seins dénudés et ses tétons durcis, la peau de son ventre tendu, puis la cambrure de ses reins tandis qu'elle se collait à moi. J'ai levé les yeux : au-dessus de nous, des gens retenus par un harnais faisaient un looping, et gesticulaient comme s'ils allaient tomber. Pénélope m'a pris la main et m'a léché le bout des doigts avant de me ramener dans l'allée. Tous les gens ici étaient venus pour se faire peur. Depuis, le temps a passé et beaucoup d'entre eux ont dû mourir pour de vrai.

*

Le frigo était vide, la maison aussi. J'étais sans nouvelles d'Annie. L'été était installé, le soleil m'écrasait dès le réveil, les cigales me tordaient les oreilles. La chaleur alternait avec des journées glacées, c'était bizarre. J'étais torse nu, mon short africain s'était troué, une sorte de duvet dégueu obscurcissait le creux de ma poitrine. Plusieurs fois par jour, je rejoignais la salle de bains pour voir si la zone d'ombre s'étendait. Si j'avais eu une caméra, j'aurais pu réaliser un de ces films que l'on regardait en sciences naturelles où les fleurs poussent en accéléré. Un film sur la croissance des poils, par le grand Marcus Miope.

Dimitri avait fait une apparition la veille. Il était entré en trombe dans l'appartement et s'était enfermé dans sa chambre. Je l'avais entendu fouiller ses placards et renverser des trucs puis ressortir et filer sans un mot. Trois minutes plus tard, sa 4L dévalait la pente de la résidence et s'engouffrait sur l'avenue, et la maison retrouvait le calme d'un tombeau.

J'ai feuilleté *L'Année du football* mais il n'y avait plus de billets entre les pages. Je voulais aller au supermarché et acheter une pizza surgelée et une bouteille de Coca, puis me mettre devant la télé et un épisode de *Cobra*. J'avais cherché dans les tiroirs de la cuisine et dans la chambre d'Annie, puis dans le salon et dans l'entrée, là où elle avait l'habitude de déposer ses clés et parfois un peu de monnaie, mais l'écuelle en faïence ne contenait que le cadenas de la cave et un papier de bonbon au goût framboise. J'avançais dans le couloir et me postais devant la porte fermée de la chambre de Dimitri. Je tendais l'oreille : s'il revenait et me surprenait ici, que se passerait-il ? Je n'étais jamais entré dans sa chambre, qu'il soit là ou pas. Aucun bruit depuis la cage d'escalier et l'ascenseur. J'ouvrais la porte mais restais sur le seuil. Une odeur épouvantable m'a sauté au visage. Le lit recouvert d'un drap en boule était plaqué à l'angle gauche de la pièce et ses montants en pin verni étaient recouverts d'autocollants avec dessus des têtes de mort. Une planche laquée blanc posée sur des tréteaux métalliques faisait office de bureau et disparaissait sous des restes de sandwichs, des frites, des feuilles de sopalin usagées, une chaussette et une paire de baskets trouées et sales. J'ai poussé le tas de déchets et découvert des lettres sans parvenir à en identifier l'auteur.

Sur le côté droit, le long du radiateur puis de la fenêtre, il avait rangé ses chaussures, un peu comme un maniaque, c'est-à-dire alignées au centimètre près. À côté, il y avait une bibliothèque en pin avec dessus des livres de terminale, et une collection de Lagarde et Michard qu'Annie avait ramenée d'une brocante. Le bas du meuble était constitué d'un placard fermé par une porte fine et coulissante. Je me suis mis à genoux et j'ai essayé de l'ouvrir mais le volet butait contre quelque chose à l'intérieur. Je m'y suis repris à plusieurs fois et j'ai enfin réussi à le libérer. J'ai jeté un œil à l'intérieur en espérant y trouver un peu de monnaie mais il n'y avait qu'un sac de sport noir. Je l'ai attrapé et l'ai ouvert : un portefeuille vide (ni carte, ni argent), et une boîte à chaussures pour enfant. Elle était blanche et rectangulaire, légère, rien n'était écrit dessus. Je l'ai posée pour en soulever le couvercle. À l'intérieur il y avait un bout de tissu fin, une écuelle en plastique, ronde et transparente, comme celles que l'on utilise au primaire pour ranger les éponges. Elle était remplie d'insectes, des mouches en majorité mais aussi des guêpes et deux ou trois abeilles. Toutes ces bestioles étaient mortes dans cette boîte avant de sécher et de se recroqueviller. J'ai ensuite tiré sur le bout de tissu qui s'est déroulé : c'était un bas de femme avec une sorte de broderie travaillée à l'ouverture. Ça sentait fort, un parfum ampoulé, comme ceux que j'avais déjà pu sentir dans certains bars de la Basse-Ville. Le bas avait dû appartenir à une femme assez grande. Il était troué à l'emplacement du gros pouce.

*

Le mois de juillet était bientôt fini. J'avais l'impression qu'il durait depuis dix ou quinze ans. Juillet et août, c'est deux pansements que l'on tire et qui retiennent nos côtes pour nous empêcher de respirer. L'air ne parvient plus à sortir. On ressemble à des morts.

Je n'avais pas de nouvelles de Noémie-Mélodie, ni de Virgile depuis deux jours. J'ai sonné en bas de son immeuble, il m'a dit de monter. La porte de l'appartement était ouverte, je me suis glissé à l'intérieur, il faisait frais. Virgile avait mis un disque de Pink Floyd sur la platine de son père. *Tu te mets à écouter ce genre de trucs, toi ?* Il m'a répondu *ouais j'aime bien, sur la chaîne hifi de mon père le son est impeccable.* Impeccable. Il l'avait prononcé avec la même intonation que s'il avait dit *chic* ou *d'enfer*. Il a monté le son, content de lui. Je me rappelle avoir fait une grimace et m'être dit que je préférais Alain Chamfort, même sur unc cassctte usée, plutôt que cette merde.

Je me retournais et regardais Virgile. Il y avait un truc bizarre. Il fuyait mon regard. Après un moment, j'ai pu voir : son œil était souligné d'une demi-lune noire qui tournait au violet. Je demandais ce qu'il avait fait. *Rien, t'inquiète.* J'insistais. Il m'a alors parlé des frères Raccioni, la veille, sur la place devant le collège. Après, je me souviens qu'il a prononcé la première fois ce jour-là le mot *revanche.*

On a quitté la résidence en passant par le portail sur le côté des immeubles et on a descendu l'avenue jusqu'au supermarché. On s'est assis sur les bancs pour regarder les voitures passer et les clients du bar en face. Comme chaque après-midi, il était pris d'assaut par les mêmes patients du centre d'accueil pour handicapés mentaux qu'il y avait en haut de la route. C'était une grande maison vieille d'un ou deux siècles, entourée d'eucalyptus, qui avait été aménagée en lieu de vie pour les pas tranquilles. Je les regardais avec leurs larges épaules et leurs chemisettes. Ils portaient des casquettes d'enfant vissées sur le crâne et de grosses sandales en cuir marron, des shorts à carreaux et des montres à quartz. Leurs jambes étaient blanches et velues. *Ouais, c'est pas joli joli*, avait dit Virgile. L'image de mon frère et de la boîte dans le placard m'est revenue. J'en parlais à Virgile. *De toute façon il est taré ton frangin, il a dû trouver ça dans une poubelle et depuis il tripe à mort.* Après, j'ai regardé mes chaussures et j'ai osé lui demander ce qu'il comptait faire. Virgile n'a pas répondu, il s'est juste mis à fixer le tasseau qui délimitait le terrain de boules devant nous. *Je sais pas encore, mais je vais trouver. Il faut qu'ils payent pour tout ce qu'ils ont fait.*

Je n'ai pas eu envie de lui dire que ce n'était pas une bonne idée, qu'il valait mieux ne pas y aller et oublier toute cette histoire. J'aurais dû lui lancer *laisse tomber, de toute façon les Raccioni, c'est que des raclures*. J'aurais pu le lui dire, mais je ne l'ai pas fait. Je crois que je préférais mourir plutôt que de lui avouer que j'avais peur. Virgile a marmonné un truc du genre *t'es pas obligé de venir avec moi, tu sais*. Je n'ai pas répondu mais j'ai compris à cet instant que la distance, cette fameuse distance que l'on entrevoit une fois adulte – *de la distance s'est installée entre nous puis après, on s'est perdus de vue* –, cette distance-là venait de germer et allait grandir entre Virgile et moi. Une sensation brève et désagréable. Un truc anodin mais fondamental s'est joué à ce moment précis, sur ce banc en bois. Il n'a duré que quelques secondes.

*

L'ascenseur était en panne. J'avais grimpé les trois étages à pied puis glissé la clé dans la porte mais elle était ouverte. J'entrais mais lentement, j'avais peur de tomber sur un inconnu, ou dans un piège tendu par mon frère pour passer ses nerfs sur ma figure. Une fois dans le corridor, j'ai aperçu Annie. Elle était assise dans la cuisine, le regard perdu. Elle contemplait la porte jaunie du frigo. J'ai posé mes clés, et j'ai avancé vers elle mais elle ne m'a pas entendu. Je me souviens je souriais, mais c'était comme si elle ne me voyait pas. J'avançais dans sa direction quand je l'ai entendue marmonner. *T'as dit quoi, Annie ?* Mais Annie n'a pas levé les yeux, elle n'a même pas bougé. Elle est restée comme ça, inerte, assise sur la chaise, puis elle a répété cette phrase que je ne parvenais pas à comprendre. *Putain, mais qu'est-ce que tu racontes ?* Je me suis mis à genoux tellement j'étais heureux de la voir. Puis j'ai posé ma joue sur sa cuisse, mais elle n'a pas passé la main dans mes cheveux comme elle le faisait avant.

Les yeux clairs d'Annie étaient tachés de jaune. Sa bouche ressemblait à un filament cramé. Le bout de ses doigts était gris comme la lie visqueuse d'un siphon d'évier. Ses paupières débordaient de larmes mais aucune n'a coulé sur sa joue. Elle a fini par redresser la tête et a plongé ses pupilles dans les miennes, sans ciller, et ses lèvres ont articulé la phrase que j'ai pu enfin décoder *rends-moi l'argent que je t'ai donné l'autre jour.*

Il m'a fallu un peu de temps pour remettre les événements dans l'ordre. Dans ma tête, j'ai vu la liasse de petites coupures qu'elle m'avait tendue ce matin-là avant de partir, les billets dépensés au supermarché, la glace près de la plage, et le reste de monnaie planqué dans un livre pour que mon frère ne le trouve pas. *Va me chercher ce putain de fric, je t'ai dit !* La voix d'Annie a résonné et a rebondi sur la porte du frigo. Son timbre était froid et sec, il claquait, on aurait dit la détonation d'une carabine à air comprimé. Je n'avais pas l'habitude qu'elle me parle comme ça et les larmes me sont montées aux yeux. J'ai rejoint ma chambre, j'ai ouvert *L'Année du football*, mais, comme la fois d'avant, il n'y avait plus rien. J'ai fouillé partout en espérant tomber sur un dernier billet qui se serait dérobé, et j'aurais pu retourner dans la cuisine pour le lui tendre. Elle aurait pris le fric et l'aurait glissé dans la poche à briquet de son jean. Alors, elle se serait frotté les yeux et m'aurait passé la main dans les cheveux et d'une voix douce m'aurait dit *prépare-moi un cosmo, s'il te plaît*.

J'aurais tiré du placard la bouteille de gin, puis attrapé des glaçons dans le congélateur avant de les démouler au-dessus d'un verre. J'aurais tranché un citron vert.

Je devais avoir huit ou neuf ans. Quand je voyais au réveil la chambre d'Annie encore plongée dans l'obscurité, la porte entrouverte, je savais dans la seconde ce que j'étais tenu de faire. Je restais quelques minutes debout dans l'obscurité, au pied du lit, et j'attendais un mouvement de ma mère pour m'approcher. Elle me saisissait le poignet et me disait d'une voix gonflée au tabac *maman a fait des folies et tu sais ce que c'est, elle a besoin d'un petit remontant.* Je filais dans la cuisine et lui préparais un cosmo. Elle m'avait appris la recette un après-midi en me bassinant qu'un homme digne de ce nom devait être capable de réaliser les yeux fermés une dizaine de cocktails, voire plus.

J'ai posé le cosmo devant Annie et me suis assis sur la chaise en face. Elle s'est emparée du verre et l'a porté à ses lèvres. Les larmes se sont mises à couler sur ses joues, au même rythme que l'alcool dans sa gorge, comme si sa bouche et ses yeux étaient montés en circuit fermé. Puis un étrange brouillard l'a remplacée.

*

Mon frère avait refait surface. Je lui demandais s'il avait des nouvelles d'Annie. Il m'a dit l'avoir aperçue deux jours plus tôt, mais il n'en était pas sûr. Après, il m'a dit qu'elle reviendrait à un moment ou un autre, quand ça lui chanterait, ou quand elle se ferait larguer. Il a mis la main dans sa poche, en a tiré quelques billets, en a compté deux qu'il m'a tendus en me disant *vas-y dégage, va faire des courses.*

*

Virgile ne tenait pas en place. J'étais allongé sur la margelle de la passerelle au-dessus de l'autoroute. J'avais sommeil à cause du bruit des voitures et du soleil qui nous écrasait. Quand je fermais les yeux quelques minutes, j'avais l'impression que mes bras et mes jambes devenaient plus légers. Je pouvais voir chaque détail du paysage de part et d'autre de l'autoroute. Je voyais mon corps faire un quart de tour et tomber au ralenti sur le flux de véhicules roulant à 100 kilomètres-heure. J'ai rouvert les paupières et j'ai deviné Virgile qui faisait les cent pas, mais je voyais mal car des gouttes de sueur s'accumulaient devant mes yeux. Il marmonnait des trucs qui se mélangeaient au vacarme des voitures. Je crois qu'il a mentionné les frères Raccioni, j'ai entendu même des insultes, et j'ai alors senti le soleil frapper la peau blanche de mon ventre, c'était comme si ses rayons entraient et faisaient fondre ce qu'il y avait à l'intérieur, les nerfs et les viscères. Les voitures en dessous formaient un tapis et j'essayai d'imaginer mon corps rouler et chuter, sans l'ombre d'un mouvement de panique. Ils m'ont toujours impressionné ceux qui font face à la mort sans broncher, un peu comme les animaux qu'on mène à l'abattoir et qui baissent la tête sans plus d'émotion que ça. *Faites ce que vous avez à faire, on n'en a rien à foutre*, c'est ce qu'ils semblent dire. J'ai alors pensé à cet article sur les suicides ratés du Golden Gate à San Francisco, que j'avais lu dans un magazine d'Annie. Tous ceux qui ont survécu ont déclaré avoir regretté leur geste à peine la rambarde lâchée et leur corps projeté dans le vide. Je me rappelle que l'article indiquait que mille trois cents personnes avaient tenté de se suicider depuis la construction du pont en 1937. Il se dresse à 227 mètres au-dessus de l'océan et la chute se fait à 120 kilomètres-heure. Je ne sais pas pourquoi j'ai mémorisé tous ces chiffres.

*

J'ouvrais les yeux. Le chant des cigales résonnait dans la chambre. La transpiration coulait le long de mon cou. Quelle heure pouvait-il être ? J'avais l'impression de me réveiller dans un four. Je tendais l'oreille pour discerner un son de l'autre côté de la porte. Le carrelage était frais sous les pieds. Ma tête tournait, je croyais tomber, j'avais mal partout. *Des étés, j'en ai passé des tonnes ici.* Voilà ce que je m'imaginais dire une fois quitté ce trou à rats. Mais je n'en suis jamais parti.

Le téléphone sonnait. Je me levais et courais vers le combiné. Pénélope. Elle me proposait de venir la rejoindre dans le centre-ville pour un ciné. Profiter de la climatisation. J'ai dit *OK* et j'ai raccroché. Dans la cuisine, je me suis servi un grand verre d'Antésite. Je l'ai avalé en deux secondes et le téléphone a retenti une seconde fois. Virgile. Il m'a demandé ce que je faisais. Je lui ai répondu que j'allais partir retrouver Pénélope pour un ciné. Il a dit *bâtard*, et il a raccroché.

Je suis descendu à l'arrêt Liberté. J'avais pris la ligne 9, le bus passait le long de l'autoroute, au pied de la passerelle. Il roulait encore quand j'ai aperçu Pénélope. Elle portait un short blanc, un haut crocheté blanc et des tropéziennes. Je l'ai trouvée moins jolie qu'à la plage et à la fête foraine. Sa lèvre supérieure était ornée d'un fin duvet, et ses cheveux étaient ternes. Elle m'a paru plus petite aussi, ou tassée. Un effet dû aux sandales peut-être. Des fois, l'attirance pour une fille se transforme en dégoût.

Encore aujourd'hui, c'est comme un feu clignotant sur le bord de l'autoroute : lorsqu'il est allumé, elle est canon, tout me plaît et je peux l'écouter pendant des heures. Je la vois et des fourmis envahissent ma poitrine, elles descendent dans mes jambes et remontent le long de mon dos. Mais un seul détail peut tout faire foirer ; ce qui me plaisait me pince le ventre, et je n'ai envie que d'une chose : filer en douce et ne plus la revoir.

Pénélope avait senti le malaise. J'avais pourtant essayé de le cacher en parlant sans arrêt, comme si les mots me laissaient une chance d'éviter son regard et de détourner son attention. Mais je me sentais à l'étroit dans ma peau et ça se voyait. Le stress suintait, j'avais la voix pâteuse, je parlais lentement, comme un type bourré qui articulerait trop pour faire croire que tout va bien. J'aurais pu m'en tirer en lui balançant la vérité : je la trouvais horrible avec son air contrit et ses yeux tristes. J'aurais pu lui avouer en postillonnant : on n'est jamais attiré par les gens qui font pitié. Mais une fois de plus je n'ai rien dit, elle a souri puis m'a lancé *on va au ciné ?*

Je comprenais une chose qui s'est vérifiée depuis : les filles savent avant nous, mais elles acceptent de jouer le jeu. Elles ont l'élégance de ne rien dire et d'endurer sans en faire des tonnes, quand nous, à tout âge, on se roule par terre.

J'avais froid et la clim séchait la transpiration qui s'était accumulée sur mon cou. On s'est assis dans les fauteuils rouges. Je me suis retourné plusieurs fois pour voir si je connaissais quelqu'un dans la salle. Le film a commencé. James Bond a pris en chasse au volant d'une Renault 11 un parachutiste puis a sauté sur une péniche ; à côté, la Norvégienne a pris ma main et l'a posée sur sa cuisse. Contrairement à l'autre fois, je n'avais pas envie de l'embrasser mais ça me gênait qu'elle se donne autant de mal, alors je l'ai fait. Ma main s'est posée sur son sein droit que j'ai pétri mollement, pauvre petit nichon tout fatigué dont j'ai pinçoté le téton. Elle s'est raidie, parcourue par un court-jus.

À la fin du film, Pénélope avait les lèvres rougies par le frottement de nos bouches. On aurait dit que je l'avais maquillée dans le noir pour lui faire une mauvaise blague. On est descendu sans dire un mot en direction de l'arrêt de bus. Elle a regardé ses tropéziennes, j'ai regardé ses pieds, et ses ongles des gros orteils étaient tout foirés, comme si elle les avait rongés. J'ai vu le bus s'engager dans le couloir réservé. J'ai fait un smack à Pénélope, elle a dit *à bientôt*, je suis monté et j'ai validé mon ticket. Je me suis retourné en direction du trottoir. La Norvégienne était plantée là, les yeux dans le vague, et le bus a démarré.

*

Un jour, je me rappelle, Annie avait organisé mon anniversaire. C'était pour mes cinq ans, ou peut-être six. Elle avait eu l'idée comme ça, un matin, sans réfléchir. C'était courant chez elle : elle s'enflammait pour un truc, le réalisait de la manière la plus barrée possible et passait à autre chose.

Annie avait invité mes copains de l'école. Il y avait Virgile qui déjà faisait une tête de plus que tout le monde, Alex, Noémie-Mélodie, Abdé et son petit frère Rachid, Vanessa et Sylvain.

Tout avait bien commencé. Une fois levé, j'avais retrouvé Annie dans la cuisine. Elle portait une robe à fleurs que je n'avais jamais vue sur elle, un serre-tête en imprimé à carreaux et des ballerines bleu nuit. Ça m'a fait bizarre, je n'avais pas trop l'habitude de la voir habillée en mamie qui fait des pâtisseries. Elle préparait des cakes au citron, la musique à fond. Je me souviens, c'était Louis Armstrong qui chantait. Annie m'a souri, elle a dressé ses doigts au niveau de son visage pour me montrer que ce n'était pas de la blague toute cette affaire, puis elle s'est remise à pétrir la pâte, en murmurant le refrain de *What a Wonderful World*. Je pouvais voir par la fenêtre la lumière du soleil éclabousser les épines vertes des pins parasols et la colline s'élever devant un ciel si bleu qu'il en devenait presque noir. Des mouettes rayaient de leurs ailes les nuages, je les regardais le nez collé à la vitre. Elles tournaient en rond, sans doute attirées par le vent qui renvoyait dans les terres les odeurs de la décharge voisine. La fenêtre était restée fermée depuis la veille, mais la puanteur arrivait à se glisser sous les joints noirs et se mêlait aux parfums de levure et de citron que dégageait le récipient où la pâte reposait. Tout est toujours un peu pourri, quel que soit le glaçage au sucre que l'on met dessus.

Les premiers invités sont arrivés juste après le repas du midi. Annie les a accueillis avec de grands éclats de voix. Ils ont déposé leurs manteaux par terre dans l'entrée et ma mère nous a dit de rejoindre ma chambre pour jouer pendant qu'elle mettait la dernière main à ce qu'elle appelait la « cérémonie ». Virgile, Abdé, Rachid et Sylvain ont attrapé mes figurines Star Wars et Noémie-Mélodie et Vanessa ont fait des dessins avec des feutres. Annie a déposé près de mes jouets un plateau garni de bonbons et de verres de jus de fruits. Lorsqu'elle s'est redressée, il y avait un drôle d'éclat dans ses yeux, une variation tordue, un infime changement survenu en deux ou trois minutes. J'aurais été incapable d'en déterminer la raison, et puis j'ai oublié et me suis retourné vers Virgile qui maltraitait ma figurine de Han Solo. Mais un peu plus tard, une musique qui ressemblait au générique d'Arnold et Willy a retenti dans tout l'appartement et Annie a ouvert la porte en grand pour nous dire de rejoindre le salon. Tous les cadeaux que les amis avaient apportés étaient rangés par terre. Au-dessus, un paquet bien plus imposant que les autres avait été mis en évidence. Annie m'a dit de l'ouvrir en premier. J'ai arraché le papier cadeau et découvert un immense circuit électrique à quatre voies. Durant la course, les voitures devaient prendre une rampe qui dessinait une sorte de huit, avant de dégringoler dans un virage qui formait une courbe abrupte. Je me suis approché d'Annie et j'ai serré mes bras autour de son cou. Elle m'a serré fort et m'a invité à ouvrir les autres cadeaux (un puzzle, des bandes dessinées, des cassettes). Après, de sa grosse voix qui nous a fait sursauter, elle a annoncé le début de la fête.

Elle a posé une bassine d'eau au milieu. Il y avait des canards en plastique qui flottaient et elle a distribué à chacun une des cannes à pêche qu'elle avait elle-même confectionnées à l'aide de roseaux récupérés le long de la piste cyclable. Elle est sortie du salon et nous a laissés jouer. Nous avons fait une première partie, puis une seconde, avant de poser les cannes pour sortir sur le balcon et cracher nos noyaux de cerise par-dessus la rambarde.

Annie est revenue. Cette fois, quelque chose dans sa démarche avait changé, on avait l'impression qu'elle s'assurait que chaque dalle du carrelage était bien scellée avant de poser son pied dessus. Elle affichait un grand sourire, et elle a lancé l'idée d'un atelier maquillage. Elle a commencé par les filles et a dessiné des yeux de chat à Noémie-Mélodie qui s'est admirée dans un miroir en miaulant. À Vanessa, elle a dessiné sur les joues deux ronds rouges de clown et un soleil au milieu du front, et elle lui a dit que c'était un signe indien qui portait chance pour toute la vie. Annie est repartie, puis elle est revenue pour maquiller Rachid : elle a pris son rouge à lèvres et lui a tracé un sourire de fille, Virgile, Sylvain et moi on était pliés de rire. Elle a pris son maquillage pour les yeux et lui a fait deux auréoles noires comme s'il avait des coquards, on aurait dit un tueur en série. Annie a attrapé le poste de radio, a mis une cassette et a appuyé sur le bouton lecture. Du disco je crois. Elle s'est mise à danser et nous a tous entraînés sur la piste, avant de filer en douce.

En attendant, Virgile et Sylvain ont fait du smurf et ils ont pété une lampe et les filles se sont regroupées dans un coin de la pièce pour ne pas prendre un coup de pied au passage. Moi, je me demandais où se trouvait ma mère et je suis parti à sa recherche. J'ai fait toutes les pièces avant de la retrouver dans la salle de bains. Elle était assise sur le rebord de la baignoire, elle portait un costume bleu de fée, un chapeau pointu sur la tête, une baguette dans une main et un verre de vodka dans l'autre. Elle pleurait et elle sentait l'alcool. Elle m'a vu et m'a pris dans ses bras et m'a demandé pardon mais je ne savais pas pour quoi. Mais avant que je ne lui pose la question, elle a vidé son verre, s'est redressée, m'a souri puis a filé dans le couloir pour rejoindre les autres qui s'en prenaient au canapé. Elle a posé sur la platine un disque de Earth Wind and Fire et a commencé à danser. Elle était énergique sa danse, et pleine de désespoir aussi : les bras en cercle au-dessus de la tête, elle donnait un coup de reins sur chaque note de guitare, et les copains autour faisaient semblant de s'accoupler pendant que la fée passait de l'un à l'autre pour corriger les mouvements et les positions. La fête a mal tourné quand le père de Sylvain, qui sonnait depuis des heures à la porte sans qu'on l'entende, a poussé la porte et a découvert son fils en train de s'exciter contre la jambe de ma mère.

C'est ce soir-là je crois qu'Annie a fait sa première fugue, comme si l'anniversaire lui avait balancé au visage que tout ce bordel était bien trop compliqué pour elle. Je me souviens qu'avec Dimitri, on avait été un peu surpris de ne pas la voir rentrer. On avait ramassé tous les bonbons et les gâteaux qu'il y avait dans les placards pour les étaler sur le canapé et s'empiffrer devant un épisode de *Joyce et les conquérants de la lumière*. Le lendemain, Annie était toujours introuvable et cette histoire a duré deux ou trois jours. Quand elle est rentrée, elle a seulement dit qu'elle en avait marre d'être seule.

Mais seule, Annie l'avait toujours été. Il y avait pas mal d'histoires qui couraient au sujet de mon frère et de moi, et Annie aimait bien les répéter en boucle quand elle passait, ce qui était assez rare, plus d'une semaine à la maison sans bouger. Le père de Dimitri était un chauffeur routier qu'elle avait rencontré lorsqu'elle était vendeuse de fruits et légumes le long de la nationale. L'histoire avait duré des mois, même après la naissance de mon frère, mais ils avaient dû casser quand le patron de Pavel avait décidé de changer son itinéraire de livraison et de l'envoyer en Espagne. Annie avait découvert alors qu'il était marié et père de deux enfants et que toute la famille officielle vivait dans une banlieue HLM en Allemagne.

Au sujet de mon père, Annie avait toujours été moins bavarde. À l'écouter, il s'agissait d'un coup de foudre avec un marin américain quand le *Nimitz*, un immense porte-avions, avait mouillé quelques jours dans la rade. Elle racontait qu'elle l'avait rencontré un soir en ville et qu'il lui avait promis de rester avec elle, mais finalement, au petit matin, la police militaire l'avait attrapé et fourgué à l'arrière d'une camionnette, direction la cale du navire. Moi, j'ai toujours pensé que cette histoire ne tenait pas debout et que mon père était un de ces piliers de bar qu'Annie croisait quand elle partait en virée. J'ai longtemps espéré que l'aventure de le retrouver me tenterait un jour. Mais deviner lequel de ces poivrots était mon paternel me semblait être un défi insurmontable.

*

J'ai revu l'Été une nouvelle fois, c'était sur la passerelle, au cours des premiers jours d'août je crois. Je rentrais du supermarché. J'avais pris quelques pièces dans la chambre de Dimitri et attrapé un sac plastique dans lequel j'avais rangé les courses. Des maquereaux à la moutarde, du pain et du chocolat. La journée avait glissé dans une semi-léthargie à cause de la chaleur. Je n'avais rien fait à part écouter en boucle *Maman a tort* de Mylène Farmer sur mon walkman. Le soleil déclinait sur la ville et le ciel ce soir-là encore était rouge sang. Il se reflétait sur les vitres des buildings du centre et sur les pare-brise des voitures qui fonçaient.

Il n'y avait plus grand monde dans les rues. J'avançais lentement, sans trop penser. La soirée allait se jouer comme la journée, aussi lente qu'un 45 tours posé sur une platine de 33. Chaque pas me prenait des heures. C'était l'agonie blafarde.

J'ai rejoint la plate-forme de la passerelle, les yeux fixés par terre. C'est une fois arrivé au sommet que je l'ai aperçu. Il se tenait debout, en appui contre le béton, au bout de la coursive, face à moi, les mains sur le rebord. Il m'attendait, je crois. J'ai levé les yeux et l'ai vu, et la peau de mon dos s'est rétractée d'un coup, comme sous l'effet d'un glaçon frotté sur la colonne. Il portait la même tunique que l'autre fois, et la même capuche qui cachait son visage. Mais j'en étais sûr, il me fixait. J'ai laissé tomber mon sac par terre et suis resté un long moment sans bouger. La peur avait envahi mon estomac, mes jambes étaient du plomb. Malgré le vent, je transpirais et la sueur s'accumulait sur mon front. Je me disais que cette silhouette était venue m'alerter de l'imminence d'un danger. Quelque chose de grave allait se produire. Quelque chose d'inéluctable. À moins qu'elle m'attrape par le cou, et me fasse disparaître dans le coffre d'une voiture. J'ai toujours eu peur de ça, de l'arrivée du malheur et de la souffrance sans que rien m'y prépare. Vous discutez avec le chauffeur et, quand il regarde à nouveau la route, la voiture s'encastre dans un mur et votre tête s'enfonce dans la boîte à gants. Que se passe-t-il entre le moment où vous comprenez que c'est inéluctable et le choc qui met fin à cette idée, comme aux autres d'ailleurs ?

J'ai essayé de deviner ses yeux sous la capuche mais c'était peine perdue. L'Été restait là devant moi, immobile, et il allait bien falloir que je fasse avec. J'ai respiré un grand coup et ramassé mon sac. Il fallait que je marche tout droit et passe à moins d'un mètre de lui, pour ensuite descendre la passerelle et rentrer à la maison. Je pensais au verrou fermé à double tour qui allait me mettre à l'abri. Il n'y aurait plus qu'à prendre une barre de chocolat que je venais d'acheter et l'oublier ce fichu Été.

Les moteurs des voitures ronflaient comme jamais, c'était un bruit constant qui aplatissait les collines et les immeubles, les panneaux publicitaires, un fracas qui devait ressembler à celui qu'on entend dans les usines ou les abattoirs. Je me suis avancé en baissant les yeux. Je sentais son regard posé sur moi et l'absence de sentiment, ni amour, ni haine. Arrivé à quelques pas de lui, j'ai redressé la tête : l'Été n'avait pas bougé. À cette distance, j'aurais dû voir les traits d'un visage ou l'éclat d'un regard. Je me sentais attiré par la tache sombre dans la capuche comme si je me penchais au-dessus d'un gouffre.

Je suis passé à côté et il n'a pas bougé, et une fois en bas j'ai redressé la tête dans sa direction. Il n'était plus là. Par précaution, j'ai regardé s'il ne m'avait pas suivi, et encore aujourd'hui je ne peux pas l'affirmer.

*

Virgile a ouvert la porte et son visage était recouvert de larmes. Aucun son ne sortait de sa bouche, son corps était pris de secousses. Je suis entré et il s'est assis à même le sol, les jambes en tailleur, et la tête entre les mains. Je me suis mis à genoux à côté de lui, *qu'est-ce t'as ?* Il a pointé son doigt vers la cuisine.

J'ai vu un sachet en plastique accroché au dossier d'une des quatre chaises en bois. Il avait l'air plein de quelque chose de lourd mais je n'arrivais pas à savoir ce que c'était. Je me suis retourné vers Virgile et lui ai demandé si c'était bien ce sac qu'il voulait me montrer. *Oui, regarde dedans.*

Je l'ai ouvert : un amas de plumes jaunes et de chair sanguinolente, des restes de pattes et un bec minuscule sur le dessus. Mes mains se sont mises à trembler, j'ai eu envie de vomir à cause de l'odeur. Entre deux sanglots, Virgile m'a expliqué qu'un des poussins était sorti de la cage pour se promener sur le balcon. Il s'était faufilé entre les barreaux de la rambarde. Quelque chose avait dû lui faire peur et il était tombé du troisième étage. Sans réfléchir, les trois autres l'avaient suivi et s'étaient jetés dans le vide.

Virgile ne savait pas s'ils avaient survécu à leur chute ou si les chats qui traînaient dans le jardin s'en étaient occupés à l'atterrissage. Un voisin avait récupéré les restes des poussins à l'aide d'une pelle à ordures avant de sonner à la porte de l'appartement et de lui tendre le sac en se bouchant le nez.

*

Après cette histoire, Virgile a fait le mort durant plusieurs jours. Un matin, il a enfin décroché son téléphone pour me dire qu'il avait croisé le père d'Alex. Ils comptaient lui rendre visite la semaine suivante. On était les bienvenus, si jamais ça nous disait d'aller avec eux.

*

Kelly avait tendu la bouteille d'eau vide à sa sœur. *Vas-y toi, fais-le*, lui avait-elle dit. Après quelques secondes où elle était restée figée sans savoir s'il fallait répondre à la pulsion ou adopter une posture de repli, Pénélope l'avait attrapée et avait glissé sa langue dans le goulot. Elle avait jeté un coup d'œil autour d'elle puis l'avait fait frétiller comme la queue d'un lézard que l'on aurait sectionnée. Les Norvégiennes et Virgile riaient. Je trouvais dégoûtant ce petit bout de peau rose qui vibrait à travers le plastique. Pénélope a fermé les yeux et a entouré le goulot avec ses lèvres, comme si elle roulait une pelle à la bouteille. Elle les a rouverts, a regardé Kelly et a éclaté de rire. Elle m'a tendu la bouteille pour que je fasse comme elle. J'ai refusé et je n'ai pas pu m'empêcher de rougir. Virgile me l'a arrachée des mains et l'a engloutie. C'était comme s'il léchait l'intérieur de toute la bouteille à l'aide de toutes les parties de sa langue. Les filles le regardaient et elles ont cessé de rire. Il a fermé les yeux et il remuait la bouche dans tous les sens, sa tête dessinait des cercles sur le fond bleu du ciel. Kelly et Pénélope ont plissé les yeux, la seconde a mis sa main devant sa bouche et a réprimé un haut-le-cœur. Virgile a continué mais plus vite, il a pressé la bouteille contre ses lèvres comme s'il voulait se l'enfoncer au fond de la gorge. Enfin il s'est arrêté et a ressorti sa langue. De la salive coulait sur le goulot. Il a tourné la tête et a lâché un jet de bave sur le côté puis il s'est essuyé les lèvres d'un revers de la main en souriant.

*

Mon frère était parti dans la matinée bosser au McDo. La nuit approchait. J'ai entendu sa 4L remonter l'allée et passer devant l'immeuble, puis la porte du hall s'ouvrir, celles de l'ascenseur et de l'appartement claquer, et ses pas lourds frapper le carrelage du couloir. Une odeur de friture a envahi l'appartement. J'étais allongé sur mon lit et je n'arrivais pas à dormir à cause de la chaleur. Torse nu, les mains sous la tête, j'écoutais la radio. Les cigales avaient recommencé à chanter et elles ne cesseraient que vers une ou deux heures du matin. J'avais peur de voir la nuit finir sans avoir dormi, lorsque les cris des oiseaux précèdent la lueur du jour. Certains aiment les nuits blanches, pas moi. Des fois, j'aurais préféré me tuer et ne plus avoir devant les yeux ces briques qui nous cernaient, comme j'aurais bien aimé retrouver Annie dans la cuisine à mon réveil. Je lui aurais préparé du café ou un mojito, et des tartines à la confiture d'orange, j'en avais acheté exprès pour elle. J'avais envie de sentir la pression de ses yeux sur moi, celle qui me poussait à me comporter correctement pour ne pas la décevoir, à me lever tôt même si j'avais les yeux qui collaient pour rester avec elle et écouter ses histoires bizarres devant un bol de chocolat au lait froid. Mais le silence de l'appartement me rappelait chaque jour le poids de son absence. J'avais maintenant du mal à me remémorer son visage. Dimitri et moi, on commençait à faire sans elle. Finalement, que je me lève ou non, tout le monde s'en foutait. J'étais bien bête de songer au tracas que je pouvais causer.

J'ai entendu mon frère entrer et sortir de sa chambre. Il a tapé à ma porte, ça n'arrivait jamais. *Tu dors ?* J'ai répondu *non*. Il est entré et m'a tendu un sac en papier. Il y avait un hamburger et des frites froides à l'intérieur. *Tiens, tu dois avoir faim. Bonne nuit*, puis il a refermé la porte.

Assis en tailleur sur le lit, j'ai ouvert le sac et pris le hamburger. J'ai bu une rasade de Coca et j'ai fixé la lueur des lampadaires qui se glissait sous les volets. Alain Souchon passait à la radio, *La Ballade de Jim.*

Mes yeux se sont perdus dans le vide avant de se remplir de larmes. Ma gorge s'est serrée mais je ne savais pas pourquoi. Une fois le sandwich fini, j'ai froissé les emballages dans le sac en papier et l'ai laissé tomber au pied de mon lit. Je me suis allongé sur le côté et j'ai fermé les yeux.

*

Une odeur de cuir et de sucre mêlés. Un cheval dans une bonbonnière. Des frizzy pazzy frottés sur sa croupe en sueur. Cette odeur, je ne savais pas d'où elle provenait mais elle remplissait l'air. Je me levais et c'était la première chose que je sentais, elle collait aux murs et aux vêtements. J'écoutais *Material Girl* de Madonna. C'était l'odeur de l'époque.

J'avais mis une chemise propre et posé mon sac à dos sur l'épaule. Virgile portait un bermuda et un polo blanc. On allait rendre visite à Alex, avec sa famille. Quand il a ouvert la porte, son père nous a embrassés. Deux bises, sèches, à chacun, comme l'année précédente. Il y avait sa mère aussi, qui est sortie de la cuisine et nous a tendu une assiette remplie de gâteaux, et son grand frère, Cédric, qui nous a regardés sans bouger, avec toujours ce même air froid. *Dis-nous si ça te pique les yeux de nous voir*, lui a lancé Virgile, et personne n'a réagi. *C'est gentil d'être venus les gars,* dit M. Dalmasio, *ça va faire plaisir à Alex*.

J'ai marmonné un truc sans trop savoir si c'était des mots de politesse ou d'excuse. On s'est assis sur le canapé, la télé était allumée, sans le son. Il était 13 heures passées, le créneau du JT, des images de guerre au Liban et les yeux pris dans les phares des otages français. Roger Auque. Son nom m'avait toujours fait penser à un personnage de série, une sorte de Buck Rogers perdu aux confins de l'univers pendant cinq cents ans et condamné à brandir un exemplaire du *Herald Tribune* avec la date dessus pour prouver qu'il était encore en vie. Ou Hawke, le pilote aux yeux de chien de traîneau dans *Supercopter*. Rogers Pilote Auque était retenu par le Hezbollah depuis 238 jours.

Dans la voiture, M. Dalmasio a d'abord allumé la radio mais, comme ils parlaient des prévisions de Bison Futé et des départs en vacances, il l'a éteinte. Du coup, sur l'autoroute, je regardais les plaques d'immatriculation et comptais celles qui indiquaient un département ou un pays différent. Virgile à côté ne bougeait pas, seules ses lèvres étaient prises de mouvement, mais je ne parvenais pas à comprendre ce qu'il marmonnait. À ma gauche, le frère d'Alex fixait la route d'un regard absent. J'avais chaud, le vent brûlant entrait par les fenêtres. Mme Dalmasio tirait sur sa cigarette et la fumée me revenait dans le visage et me piquait les yeux. J'ai senti la sueur couler sous mes aisselles. L'odeur de la transpiration s'est mélangée à celle de la Gauloise blonde.

Une fois la voiture garée, on a avancé en file indienne sur le trottoir. Mme Dalmasio portait un sac de marché en corde tressée. Nous quatre, on avait les mains dans les poches, on se sentait un peu démunis, mais on était bien obligés de faire ce qu'on était venus faire. On a franchi le portail et la mère d'Alex a plongé la main dans son sac et en a tiré des kippas qu'elle nous a tendues. Le carré réservé aux Juifs se trouvait dans la partie droite du cimetière. On a avancé en procession et, à mesure qu'on se rapprochait de la tombe d'Alex, nos visages s'inclinaient et nos dos s'arrondissaient, à la recherche d'une issue.

Comme à chaque fois, Mme Dalmasio a commencé par nettoyer la pierre tombale. Elle a tiré de son sac une bouteille d'eau et du liquide vaisselle et s'est mise à frotter avec une éponge la dalle polie sur laquelle sont gravés le nom d'Alex et ses dates de naissance et de mort. Elle lui a parlé tout en astiquant. M. Dalmasio a parcouru les allées voisines et a rameuté des hommes pour le kaddish. Un vieux rabbin a rappliqué et j'ai vu Virgile faire une grimace de dégoût devant la saleté du type. On a dit la prière, et M. Dalmasio a glissé un billet de cinquante francs dans sa main et le vieux s'est tiré en boitant tandis que les autres hommes retournaient à leurs morts.

On est restés tous les cinq devant la dalle. Mme Dalmasio a posé des cailloux sur le marbre gris. C'était comme des fleurs, mais les pierres ça ne pourrit pas. M. Dalmasio s'est tourné vers moi et m'a fait un signe de la tête. Alors j'ai ouvert mon sac à dos, et j'ai sorti mon walkman et la paire d'enceintes miniatures. J'ai posé tout ça par terre et j'ai appuyé sur « Lecture ». Cock Robin, *When your Heart is Weak*. On est restés là, sans bouger, la musique à fond, là où Alex est supposé reposer en paix.

Les voitures fonçaient sur l'autoroute. Virgile et moi, on était assis sur le rebord de la passerelle, les pieds dans le vide. M. Dalmasio nous avait déposés devant l'entrée de la résidence. Ils nous avaient embrassés, lui et Mme Dalmasio, puis étaient repartis sans un mot vers leur appartement et la chambre vide d'Alex. Cédric n'était pas descendu de la voiture. Le soleil était sur le point de disparaître.

Virgile a laissé couler un filet de salive entre ses pieds et a commencé à me parler de la saleté du rabbin et de ses mantras pourris. Parfois, il pouvait détester le monde entier. Après, il s'est mis à bafouiller un truc comme quoi tout ça était notre faute : si on avait attendu Alex comme chaque matin, il serait encore en vie. On avait eu les boules d'arriver en retard au collège. C'est pour ça que son frangin ne pouvait pas nous blairer.

Virgile ne voulait pas le dire mais je savais ce qu'il pensait : une fois de plus, c'était moi qui avais eu peur ce matin-là, et c'était moi qui lui avais dit qu'il n'était pas question d'attendre encore Alex et de prendre le risque d'arriver après la sonnerie. Virgile le pensait mais il ne le disait pas. Il a haussé les épaules avant de lâcher *saloperie de sonnerie.*

Le ronflement des moteurs sous nos pieds dessinait un tapis invisible. Alex en retard avait tenté de nous rattraper et pour gagner du temps avait traversé l'autoroute plutôt que de prendre la passerelle. Une R14 l'avait percuté de plein fouet, l'envoyant valser à plus d'une vingtaine de mètres. Il était mort sur le coup.

Je suis descendu de la margelle et lui ai dit que je rentrais. Il n'a pas répondu. Avant de tourner dans la ruelle vers la résidence, je l'ai regardé : il n'avait pas bougé, assis sur le rebord, les yeux perdus dans le sillon de voitures lancées à toute vitesse.

*

J'ai mis du temps à comprendre d'où provenait cette sonnerie. C'était un grésillement lointain, un son tellement imperceptible qu'il paraissait faux. Je me trouvais dans un chalet qui avançait tout seul à quelques mètres au-dessus de la surface d'un lac. J'étais entouré de personnes que je ne connaissais pas. Les femmes tenaient des coupes de champagne et les hommes des mugs de cappuccino. J'avançais dans la foule mais j'étais tout petit. Les plus inattentifs, et les plus gros, étaient à deux doigts de m'écraser. Ils portaient des pulls sur les épaules et des polos bariolés aux cols redressés, comme lors des soirées chics au camping de la pinède. J'avais sur le dos un T-shirt blanc trop grand surmonté d'une tache de jus de cerise. Les femmes étaient sublimes dans leurs robes de soirée fendues sur le côté, leurs pieds dans des souliers ouverts aux lanières en cuir grimpant autour de leurs chevilles. L'une d'elles surpassait les autres : son décolleté dessinait une arabesque entre deux seins pointus et ses ongles de pied étaient peints en rouge dans des sandales en cuir noir. Je suis sorti sur la terrasse en bois : les montagnes autour du lac projetaient leurs ombres sur l'eau turquoise. Il devait être sept heures du matin. Le chalet avançait à vive allure et il n'allait pas tarder à s'échouer sur le sable, et personne ne semblait y prêter attention même si l'accident risquait de provoquer un bon paquet de morts. J'ai pensé les prévenir mais c'était peine perdue, tant ils paraissaient hypnotisés par leurs coupettes de champagne ou la crème fouettée qui débordait de leurs mugs remplis de chocolat à la cannelle. Les hommes à ce jeu se montraient imbattables : je voyais leurs langues blanchâtres passer et repasser sur la porcelaine et continuer leur ronde à la commissure de leurs lèvres alors que leurs yeux déshabillaient les femmes et se posaient sur leurs seins.

Le chalet a accéléré en direction de la côte, et la sonnerie a retenti plus fort encore. Je n'avais maintenant plus de doute sur son existence et je me suis mis en tête d'en chercher l'origine. Il fallait que je mette la main sur le fil électrique de cette foutue alarme et le tranche à tout prix avec une cuillère. Je me suis allongé sur la moquette épaisse et j'ai rampé entre les jambes des invités. Au début, j'évitais de regarder au-dessus car je savais que les dames en robe pouvaient mal le prendre. Mais l'envie était plus forte et j'ai jeté de petits coups d'œil en me tordant le cou : des culottes de toutes les couleurs, certaines bizarrement coincées ; des peaux de cuisse lisses, grainées, variqueuses, hâlées ; des sexes feuillus comme du lichen, taillés à la française, ou étrangement proéminents. À la surface de ces corps humains, le volume de la sonnerie continuait d'augmenter. Un vieillard portait la main à son oreille pour baisser le volume de son appareil auditif ; un autre, plus jeune, serrait son front entre son pouce et son majeur, avant de poser le genou à terre, pris de nausée, sa main plaquée sur sa bouche.

Une détonation a fait trembler le sol et je n'ai pas eu le temps de voir si tout le monde s'était jeté à terre pour se protéger : j'ai écarté les paupières, il faisait nuit, la porte de ma chambre était ouverte, le visage de mon frère était à quelques centimètres au-dessus du mien et il hurlait que le téléphone de la maison sonnait depuis un quart d'heure. Il venait de décrocher. Annie était au bout du fil et voulait me parler. Apparemment, elle était bien allumée. C'était urgent.

J'ai pris le combiné du téléphone : une musique bizarre, des rires, des tintements métalliques, et la voix d'Annie, pâteuse et euphorique. Elle m'a dit se trouver rue Chevalier et m'a demandé de venir la chercher avant que les choses ne finissent mal. C'était ses derniers mots, puis la communication a coupé.

À cette époque, la rue Chevalier était une des trois rues qui formaient le quartier de la Basse-Ville, juste derrière le port. J'ai descendu à vélo l'avenue des platanes, puis j'ai tourné à gauche au-dessus de la rivière asséchée avant de prendre la direction du port : l'ensemble du quartier était souvent pris d'assaut par les marins des navires militaires qui faisaient escale. Il y avait des dizaines de bars à hôtesses encerclés par des club de strip et des épiceries arabes. Les rues voisines étaient désertes et silencieuses, mais pas cet îlot où tout le monde s'échouait.

Je pédalais vite pour sentir le vent sur mes joues et la retrouver. C'était la seule heure où l'air devenait plus humide. Déjà le ciel du côté de la plage apparaissait moins sombre. Le soleil écraserait bientôt cette partie-là de la ville, n'épargnant rien, pas même les chiens.

J'approchais de la Basse-Ville. L'avenue du port était déserte et les feux de circulation clignotaient. Deux MP, ces soldats américains chargés de faire régner l'ordre dans les quartiers où les marines s'aventuraient, étaient en train de mettre une trempe à un type portant un bombers vert et un jean neige. Il essayait de se protéger le visage mais les coups de matraque pleuvaient sur lui. Une fois K-O, les deux baraques l'ont attrapé par les épaules et l'ont jeté dans une jeep qui est partie en direction de l'arsenal.

Les patrons avaient gardé ouvertes les portes de leurs bars qui chauffaient comme des fours solaires. Devant chaque entrée, perchées sur des tabourets, des filles fumaient des cigarettes et invitaient les marins à entrer. J'avais du mal à détacher les yeux de leurs jambes et de leurs jupes minuscules, et de leurs chevilles qui disparaissaient dans des talons qui moulaient leurs pieds fins. À ce stade, j'étais bien incapable de deviner où se trouvait Annie, ni même de déterminer comment j'allais m'y prendre pour retrouver sa trace. J'ai commencé par le Madison, un bar tout en longueur où je devinais au fond un juke-box dont le caisson était en imitation parquet. À l'entrée, une femme brune, déjà bien tapée, m'a regardé approcher en plongeant ses yeux dans les miens. Mon vélo à la main, j'ai tenté de décrire Annie en lui demandant si elle l'avait aperçue. Elle m'a répondu que non, elle n'avait pas vu ce soir une femme comme celle que je décrivais, d'ailleurs elle n'en avait pas vu beaucoup des « non-professionnelles », il fallait être folle pour se balader dans le coin. Elle m'a conseillé de remonter la rue et de poser la question un peu plus haut. Je me suis éloigné mais l'hôtesse m'a rappelé et m'a demandé ce que je lui voulais à cette pauvre femme. Si ça me tentait, elle pouvait bien la remplacer. Je lui ai dit que c'était gentil, qu'il s'agissait de ma mère. Elle m'a répondu d'un geste vague de la main et s'est retournée pour commander un whisky coca avant d'allumer une cigarette et de regarder dans une autre direction.

Le deuxième bar où je m'aventurais s'appelait Le Commandant. L'enseigne était un bateau ancien à trois mâts qui faisait davantage penser à une crêperie bretonne qu'à un bar à putes. L'immeuble a été rasé depuis. À la place, la mairie a construit un foyer pour retraités, avec un jardin devant où les jeunes du quartier vendent du shit et de la coke coupée à la litière pour chat. J'avais envie de m'avancer vers le néon bleu car l'hôtesse à l'entrée était démente. Quelques années plus tard, j'ai appris en ouvrant le journal qu'elle avait été tuée d'un coup de couteau dans le foie. La photo d'identité qui accompagnait l'article montrait son visage amaigri et ses épaules décharnées mais j'ai reconnu la forme ronde de ses lèvres et ses pommettes saillantes, et ses yeux qui lui dévoraient le visage, comme ces filles dessinées dans *Cobra*. Quand je lui ai parlé, elle m'a demandé mon prénom. *Enchantée, Marcus. Moi, on m'appelle Stella Corfou.* Elle non plus n'avait pas vu Annie, mais elle m'a fait entrer et m'a accompagné pour que je fasse la connaissance du patron.

La pièce principale était éclairée par une lumière noire qui rehaussait tout ce qui était blanc. Je me suis retourné : Stella Corfou semblait venir d'une autre planète, le blanc de ses yeux glissant jusqu'à ses lobes d'oreilles, l'émail de ses dents dissimulant son cou et sa nuque. J'ai eu du mal à détacher mon regard.

Elle s'en est rendu compte et m'a saisi le poignet, puis elle a appelé le patron. Agenouillé derrière le comptoir, il était en train de mettre le lave-vaisselle en marche. Il s'est redressé et m'a jeté un regard de défiance, comme s'il voyait en moi un rival, avant de me demander mon âge. Je lui ai menti en lui rétorquant que j'avais seize ans. Je lui ai parlé d'Annie, mais ma voix chevrotait, comme si, à mesure que je l'évoquais, je prenais conscience des dangers qui planaient sur elle et des probabilités que je ne la revoie jamais. Stella m'a serré l'épaule et le patron a posé ses avant-bras sur le comptoir. Il ne me regardait plus méchamment. Il a réfléchi une seconde, puis il m'a répondu que ça ne lui disait rien, mais qu'il ne fallait pas que je m'inquiète : les gens du quartier étaient soudés, ils savaient détecter une urgence, et tout le monde allait se mobiliser. Stella se tenait immobile à côté de moi. Un type juché sur un tabouret s'est alors tourné vers moi et m'a demandé de répéter le prénom de la personne que je recherchais. Sa voix était grave, son accent américain. J'ai répondu « Annie ». Il s'est redressé : il l'avait vue un peu plus tôt – ils avaient même bu un verre ou deux ensemble.

Le jeu de pistes a duré deux bonnes heures je crois. Pendant tout ce temps, Stella Corfou est restée avec moi. À la fin, j'étais connu de la rue entière et le prénom d'Annie avait fait le tour de tout ce que le coin comptait de filles et de poivrots. Au moment où nous allions redescendre l'artère, un mozabite est sorti sur le perron de la dernière échoppe, une épicerie microscopique d'où s'échappaient une lumière de néon et le son grésillant d'une radio du Golfe. Il affichait un regard rempli à ras bord de fatigue. Il me l'a assuré : la personne que je cherchais se trouvait à l'intérieur. J'ai tendu mon vélo à Stella et suis entré. Là, à côté des frigos à bières, Annie était posée sur une chaise, elle avait appuyé sa tête contre le mur, son T-shirt était recouvert de taches sombres, et une écume jaunâtre soulignait la commissure de ses lèvres. Elle avait dormi. On aurait dit une petite chose inoffensive. Elle était en cours d'évaporation.

Je l'ai attrapée par le bras et l'ai soulevée avant de la serrer, puis on est sortis dans la rue. On a lentement quitté le quartier de la basse, je me suis retourné en direction de la rue Chevalier. Stella Corfou nous regardait partir. Elle m'a fait un signe de la main puis m'a envoyé un baiser volant. Il m'a ensuite fallu le reste de la nuit pour ramener l'ombre d'Annie, tenant mon vélo dans une main, et l'aidant à marcher de l'autre.

Elle me parlait. C'étaient les confessions d'une alcoolique. Elle se plaignait de sa vie désertique, de ses amis fauchés, de son corps en lambeaux, elle si belle dans le passé. Puis son ombre restait mutique, et je la soûlais de mots pour qu'elle ne disparaisse pas. J'ai enfin aperçu l'entrée de la résidence au petit jour. Les cigales commençaient à chanter. Devant la porte, on a croisé mon frère qui partait travailler, à peine nous a-t-il jeté un regard. L'ombre d'Annie s'est effondrée sur son lit, elle ronflait déjà quand je lui ai ôté ses sandales, puis j'ai regagné ma chambre, posé mon casque de walkman sur les oreilles et appuyé sur « Lecture ».

*

Le lendemain, Virgile partait en vacances avec son père. C'était chaque année la même histoire : on avait l'impression qu'ils emportaient avec eux leur maison entière ou que l'Italie avait été placée sous embargo. L'arrière de la Ford Fiesta touchait presque le bitume tellement le coffre était rempli. Derrière leurs airs de costauds, les deux aimaient leur petit confort. À ce que je savais, les cousins qu'ils allaient visiter dans le sud de l'Italie avaient une vision toute personnelle de l'hospitalité. Il suffisait de voir les mains de Virgile quand il rentrait pour comprendre qu'il n'avait pas passé ces quelques semaines à se les faire bichonner. C'était plutôt fumier le matin, et castration de veau l'après-midi.

M. Botto était le genre de type qui ne faisait pas dans la dentelle. Il mesurait près de deux mètres et devait peser dans les cent trente kilos. Il était plongeur soudeur. Quand nous étions plus jeunes, je me rappelle de lui et de son sac de sport dans lequel il rangeait ses palmes. J'aurais pu y tenir tout allongé. Il partait souvent pour des missions de plusieurs semaines à l'autre bout de la planète et Virgile restait avec ses grands-parents, qui nous préparaient tous les après-midi des panettones pour le goûter. À cette époque, Annie avait déjà un emploi du temps très élastique. Du coup, je traînais pas mal chez eux.

Un jour – Virgile m'a raconté cette histoire un bon millier de fois –, M. Botto avait été appelé en pleine nuit pour une urgence : le gouvernail cassé d'un cargo long de plus de cent mètres obstruait une partie de l'entrée du port de Macao en mer de Chine, autant dire pour nous sur une autre planète. Le père de Virgile, c'était l'Agence tous risques de la plongée, celui qu'on appelle quand il n'y a plus d'espoir, le type de la dernière chance. En moins de deux, il avait plié son sac, déposé son fils chez ses parents, et sauté dans le premier avion, direction l'Asie. Sur place, l'affaire s'était annoncée plus compliquée que prévu : le gouvernail en question, une pièce en métal de plus de cent tonnes, était non seulement cassé mais menaçait de sombrer par deux cents mètres de fond. L'armateur chypriote avait les boules car l'affaire lui coûtait une fortune : sans possibilité d'avancer, son rafiot se transformait en vieux truc bon pour la casse.

Une fois sur place, M. Botto avait pris les choses en main. Il avait écarté le contremaître anglais qui voulait imposer sa loi et s'était mis à la manœuvre, se réservant comme d'habitude la partie la plus chirurgicale de l'intervention. Le gouvernail était maintenant sécurisé par des filins, et des ballons à hydrogène étaient positionnés pour le remonter à la surface afin que la pièce défectueuse, une sorte d'écrou pesant pas moins de cent vingt-cinq kilos, soit changée. Mais il fallait encore défaire la dernière attache reliant le gouvernail au bateau. Le boulot de M. Botto.

Le père de Virgile avait enfilé sa combinaison de plongée, attrapé ses fameuses palmes, mis son masque et posé les deux bouteilles à oxygène sur son dos, avant de sauter à l'eau, gratifiant son équipe d'un sourire Émail Diamant et d'un zéro mimé avec le pouce et l'index, *zéro souci les gars*.

L'opération avait plutôt bien commencé : M. Botto manipulait l'attache avec précaution, donnant de petits tours de clé à des écrous grands comme des frisbees. À la surface, on s'apprêtait déjà à voir les ballons à hydrogène remonter la pièce lourde comme dix semi-remorques et à consigner cet épisode dans le registre des affaires classées. Mais l'attache avait cédé, et l'écrou et la vis étaient tombés sur la jambe de M. Botto, l'immobilisant à plus de vingt mètres de profondeur. Il était bloqué sur un rebord d'à peine un mètre de large, et l'ensemble du gouvernail qui se dressait au-dessus de sa tête menaçait à tout moment de tomber et de lui fracasser le crâne.

Là où tout homme normalement constitué aurait cédé à la panique, M. Botto avait fait preuve d'un calme olympien et, malgré la douleur, était parvenu à guider l'équipe de sauvetage qui avait plongé pour le délivrer.

Il avait fallu plus de deux heures pour le sortir de l'eau. Une fois transporté à l'hôpital central de Macao, le diagnostic était sans appel : sa cheville était fracturée en cinq endroits, pire qu'un jeu de mikado. Désormais, il serait rangé dans la catégorie « grand invalide civil » et aurait droit dans le bus à la première place derrière le chauffeur.

Peut-être encore plus depuis ce jour, Virgile vouait un culte à son père. Il se passait rarement une journée sans qu'il mentionne un de ses exploits ou qu'il évoque une des nombreuses activités qu'ils faisaient ensemble. Ils avaient développé une amitié virile bien à eux et, malgré les treize ans de Virgile, son père le considérait souvent comme son égal, une sorte de frangin que des parents trop pris par leurs boulots auraient offert sur le tard à leur aîné. J'imagine que M. Botto se comportait comme un père fier de son fils : toujours le premier à entrer dans la cour du collège les soirs de réunion parents-profs, tirant sa jambe raide comme un crayon, engueulant Virgile quand ce dernier n'avait pas remis son vélo à la bonne place ou avait mal rangé la trousse à outils, ou le gratifiant d'une tape sur l'épaule et d'un large sourire quand il ramenait une bonne note ou qu'il s'était illustré en cours de sport. Quoi qu'il fasse, Virgile était toujours à la hauteur, et ses défauts étaient la garantie de sa nature exceptionnelle. Cette dévotion mutuelle me mettait souvent mal à l'aise ou me rendait peut-être envieux, mais il était hors de question pour eux d'en prendre conscience ou d'y renoncer ne serait-ce qu'une minute.

Chez eux, il n'y avait pas beaucoup de place pour le souvenir de Mme Botto. Les rares fois où Virgile m'en a parlé, c'était pour mentionner les deux ou trois images qu'il gardait d'elle en tête. Elle était morte lorsqu'il avait deux ans, une maladie foudroyante, un truc au niveau des reins. Depuis, son mari n'avait jamais refait sa vie, concentrant son attention sur son fils et sur sa condition physique qu'il s'efforçait d'entretenir malgré sa jambe fracassée. Il avait ainsi aménagé le garage en salle de musculation et relégué la Ford sur le parking visiteurs. D'ailleurs, la musculation était une activité que les Botto aimaient partager et, lorsque j'étais présent, l'un ou l'autre ne manquait jamais de m'inviter à lever un peu de fonte avec l'idée en arrière-plan de me foutre une honte pas possible. Et si au moment précis où j'essayais de soulever un haltère de cinq kilos une des voisines venait à passer, on atteignait alors des sommets de gourmandise virile.

Vers 10 heures, ils m'avaient tous les deux serré la main et étaient montés dans la voiture. Virgile avait ensuite enclenché une cassette de Pink Floyd, à la grande satisfaction de son père qui semblait assez fier de l'avoir converti à cette foutue musique. La voiture avait fait une embardée sur le parking puis avait disparu dans un concert de klaxons. Je voyais filer sur la route une partie de ma famille. J'étais heureux pour eux et les moments qu'ils allaient partager, entre père et fils. Mais jamais je ne me suis senti aussi seul.

*

Le soir même, j'étais assis sur le rebord de la passerelle et l'énorme soleil rougeoyant était venu se positionner exactement entre deux buildings du centre-ville. Du doigt, j'ai tracé la ligne imaginaire qui reliait les sommets de chaque immeuble en me disant qu'ils dessinaient une sorte de constellation dont j'étais bien incapable de prononcer le nom. Je pensais au film *To Live and Die in LA* que j'avais vu quelques jours plus tôt ; et au soleil couchant sur le pont quand Bill Petersen s'élance dans le vide, un filin attaché à la cheville. J'ai regardé en dessous de moi et je me suis demandé de combien de mètres je disposais si jamais l'envie me prenait de tenter le coup. Suffisamment assez pour me ramasser sur le bitume ou me faire catapulter par le capot d'une voiture lancée à cent trente à l'heure. Bill, lui, n'aurait pas pensé à ça mais à l'adrénaline grimpant dans ses jambes, à son souffle coupé et à son cerveau en fusion quelques secondes avant que la corde ne lui sauve la vie.

Je n'avais que treize ans et je ne pouvais pas poser des mots sur le flot d'émotions qui me saisissait la poitrine. Ce matin, alors que toutes ces images affluent vingt ans plus tard, je me demande quand le grand renoncement s'est pour la première fois fait sentir et par quoi il a été annoncé. Si déjà, sur cette passerelle, je l'avais entrevu ou s'il était arrivé un dimanche matin, quelques années après, sans prévenir. De toute façon, tout semblait joué depuis longtemps, et j'avais traîné avec moi la découverte de la Californie, la remontée de l'Amazone en bateau, la traversée du Sahara à pied ou l'amour flamboyant d'une danseuse de ballet comme des mirages entrant encore dans le champ des possibles. Et si l'existence me proposait un jour de les vivre.

Les yeux s'étaient sans doute ouverts jour après jour, année après année, au rythme d'infimes incidents, trop longs à recenser, même si la disparition d'Annie avait introduit en fanfare le défilé de la sainte parade du renoncement. Mais j'avais cru qu'un jour ça arriverait, tout allait changer, la vie allait pouvoir commencer et tout ce qui s'était passé jusque-là ne relevait que de l'échauffement dont il ne fallait pas tenir compte.

Assis sur la passerelle, je pensais à Bill et à la Californie, à ma boîte sous le lit, au jour où j'allais prendre la fuite. Mais c'est aussi ce qu'avait dû se dire le type dans le bus tous les matins, alors que le connard à côté jouait avec une rognure d'ongle entre ses lèvres. Ce qu'il avait dû se dire aussi au moment où il avait contracté un nouveau prêt pour changer de voiture ou repeindre l'entrée et remplacer la moquette du salon. J'avais treize ans et l'impression que tout était encore possible, mais combien de temps cette illusion resterait mon mantra ? Quand et de quelle manière me serait-il balancé à la figure que cette belle idée n'était que pure illusion ? Le possible, c'est le champ restreint de ce que la vie n'a pas complètement salopé avant de te faire croire que tu pouvais y mettre du tien. Joue avec les miettes elle te dit, et sois heureux qu'il en reste encore, n'oublie pas de dire merci.

Je regardais les panneaux d'affichage sur le côté droit et les ombres des voitures qui s'y dessinaient. Sur l'un d'eux, une publicité pour des bijoux bon marché, du genre que l'on achète dans la galerie marchande le 24 décembre quand on n'a rien trouvé d'autre. La fille en photo posait les lèvres entrouvertes et montrait la bague en faux brillants qu'elle portait à l'annulaire. En dessous, le slogan sonnait comme un rappel à l'ordre envoyé aux automobilistes. *Vivre l'ivresse de la vie.* Je me demande encore qui avait bien pu imaginer cette putain de belle phrase. C'est ça qu'on nous propose, c'est ça le contrat en or qu'on nous tend. Acheter une bague au rabais pour vivre l'ivresse de la vie. Oui, j'aurais aimé voir la tête du type qui avait eu une idée aussi brillante. Il s'était levé un jour et avait dit à son collègue *t'embête plus coco, j'ai le slogan qu'il nous faut, avec ça on va casser la baraque*, puis il avait remis ses lunettes de soleil, fait un geste de la main et prononcé en articulant à outrance *vivre l'ivresse de la vie*. Sur le coup, il s'était cru à Los Angeles : son slogan, c'était la Californie en barre, les palmiers sur Sunset et Hollywood dans le ciel. C'était tout ce que des futurs connards comme Virgile et moi, ou des connards tout courts comme M. Botto ou Annie ou tous ceux qui conduisaient comme des dingues sous mes pieds espéraient entendre un jour parce qu'on leur vendait ça depuis la nuit des temps : accomplis-toi, fils, croque la vie à pleines dents, elle est courte, il faut construire, bâtir, avancer. Le rêve, et la contrainte qui va avec. Ce qui te fait bien comprendre que tu as tout foiré, et ce qui te permet de ne pas te flinguer et de rester accroché au bastingage pour les trente ou quarante années à venir. Parce que ça va changer, un jour tu vas t'accomplir. Mais à force, tu ne sais même plus ce que tu veux, sauf que ces slogans font partie de toi et te rappellent chaque jour à quel point tu es encore loin du but. Tout autant de réclames pour une vie merdique dans un appartement deux pièces acheté à crédit sur vingt-cinq ans, avant un plan retraite pour mourir dans un studio. On devrait pouvoir gratter et rendre visibles les messages qui se cachent dessous, et tous les mots d'insulte et les ricanements qui vont avec. Parce que le type dans son fauteuil californien, quand il voit l'admiration dans les yeux de ses collègues et de la stagiaire qu'il espère un jour se taper sur un coin du bureau, il est le premier à ricaner et à lancer à la cantonade *c'est bon hein coco ? T'as vu c'est de la balle ma réclame* et il se marre, il se bidonne en pensant à tous les prolos qui vont se ruer pour acheter la bague et l'offrir à maman. Au moins elle fermera sa gueule et si jamais ça ne l'écorche pas trop, elle se fendra même d'un merci du bout des lèvres.

Construire, c'est ça : accumuler les briques factices de notre bonheur. Ranger tout ce qui nous hurle au quotidien qu'on est heureux. Les disposer devant soi pour qu'il n'y ait plus d'espace vide. Plus de doute possible. Et une fois que les murs sont hauts et épais, c'est le coup de grâce : tout à l'intérieur disparaît, en un claquement de doigts. C'est le petit studio avant la mort, avant les bouteilles pour insuffisance respiratoire, avant la poche à excréments, avant le gâteau de riz et les dents dans le verre. Avant le *mais vous êtes qui au juste ? Ah bon, on a vécu toute notre vie ensemble ?*

Comme Bill Petersen, j'avais envie de sauter et de sentir le filin se tendre et me rattraper à quelques mètres de la catastrophe. Mais aucune place libre entre les voitures. Le sourire de la fille avait été le même cette nuit-là, le lendemain et les jours suivants, non parce qu'il s'agissait d'une photo mais parce qu'elle disait sans faillir que c'était perdu d'avance. Au train où allaient les choses, il valait mieux la fermer, descendre de la passerelle et prier pour que ces idées de merde se fassent vite la malle, et nous laissent enfin dormir.

*

Tiens.

Il m'avait tendu le joint en expirant la fumée. J'avais tiré dessus. Appuyé contre le mur de la boulangerie de ses parents, Abdé était recouvert de sueur et de farine.

— Fait chaud là-dedans ?

— Les portes de l'Enfer.

J'ai jeté un œil à l'intérieur. À côté de la machine à pétrir la pâte trônait une gazinière sur laquelle mitonnaient deux grosses marmites remplies de choucroute. En plein mois d'août, *surtout qu'ils rappliquent tous en espérant choper du couscous.*

On regardait la rue. Le shit a commencé à faire effet, ma vue s'est brouillée et j'avais chaud dans les jambes. C'était bon. Je repensais à la première fois où j'avais vu Abdé, en maternelle. Ensuite, j'avais rencontré ses parents. Son père était boulanger mais c'était sa mère qui trimait. Elle pétrissait la pâte et façonnait les viennoiseries. Au primaire comme au collège, il venait toujours avec un sac en papier rempli de croissants ou de bonbons chimiques qui nous donnaient mal au ventre.

Abdé a disparu quelques minutes puis il est ressorti, un sac en toile à l'épaule et ses patins à roulettes aux pieds. On a pris la piste cyclable pour aller chez Sylvain. Ce n'était qu'à une dizaine de kilomètres mais, entre la chaleur et la fumette, on avait du mal. Après un quart d'heure à patiner comme un joueur de hockey, Abdé était en transe et demandait une pause. On s'est assis sur la terre battue d'un terrain vague. C'était un terre-plein grand comme un stade de foot, au milieu d'un bois, strié de sentiers et de bosses qu'on parcourait des fois à vive allure tout en évitant les obstacles.

Abdé a ouvert son sac en toile et m'a tendu une bouteille d'eau et un bout de brioche. Ce qui était bien avec lui, c'est qu'il était aussi prévoyant qu'une vieille tante : on ne manquait jamais de rien, surtout pas de trucs sucrés. Il a sorti son paquet de feuilles, une cigarette et une boulette microscopique qu'il s'est mis à effriter.

La chaleur était si forte que les feuilles des acacias vibraient et se détachaient du ciel. La sueur perlait sur mon front. J'ai tiré sur le joint, et la fumée est sortie lentement de ma bouche. Elle m'a recouvert le visage et piqué les yeux. J'étais dans un sauna parfumé aux épices.

Quand on a atteint le portail, Abdé n'était pas loin du malaise. La maison de Sylvain était située au sommet d'une longue côte et dominait la rade. On voyait même les îles au loin, à travers la forêt de pins maritimes qui formaient des pics un peu partout dans le parc. Ses parents possédaient trois pharmacies. Sylvain avait un grand frère qui finissait ses études aux États-Unis, et une sœur qui entrait en terminale. Ça faisait une éternité que je ne les avais pas croisés.

On a sonné à l'interphone et la voix de Sylvain a retenti entre deux grésillements, puis le portail s'est ouvert automatiquement. C'était à chaque fois le même choc : l'endroit était si beau qu'on se croyait dans une série américaine, *Pour l'amour du risque* ou

Dynastie. J'ai regardé Abdé qui m'a regardé. On s'est mis à rire tellement on avait fumé.

Avec Sylvain, on se connaissait aussi depuis la maternelle. On avait tous grandi ensemble, mais dans des conditions et à des rythmes différents. Sylvain était le plus petit d'entre nous et compensait par son incapacité à se taire plus de deux minutes. Quand il nous a vus arriver, il a soulevé son T-shirt et fait la danse de Choco dans les *Goonies*, puis il a couru et s'est jeté dans l'immense piscine. Avec Abdé, on a enlevé nos T-shirts et on a fait comme lui, des bombes énormes, et l'eau a giclé sur les côtés et trempé les serviettes qui séchaient sur les dalles en terre cuite. Le froid de l'eau m'a saisi et je suis resté un moment sous la surface, à regarder la pâleur de mes mains et les mouvements de grenouille de Sylvain. Je me rappelle m'être dit *et si je mourais ici, maintenant ?* J'avais souvent ce genre de pensées quand je me baignais et que ma peau se contractait.

J'étais allongé sur un transat, Sylvain à côté. On ne parlait pas. Ses parents n'allaient rentrer que le soir, tard, sans doute pris par un dîner chez des gens importants. Je les connaissais un peu, ils étaient gentils. Devant eux, je me sentais comme un petit garçon, comme si l'argent imposait son surplus de politesse, une manière différente de parler et d'espérer pour quelques minutes, le temps de deux ou trois mots, de faire partie de leur monde. Les boutons sont contagieux, mais pas l'argent.

Mes yeux étaient fermés et je sentais la chaleur grignoter ma peau quand Abdé m'a appelé discrètement. J'ai tourné la tête, il m'a dit de venir. Sylvain s'était endormi. Je me suis levé et j'ai avancé vers le coin de la maison où Abdé était caché. Je marchais à travers une forêt de bambous, écartant les branches de pacanier. Le parfum chargé des myosotis me faisait tourner la tête, et les cris des mouettes aimantaient nos regards à l'horizon. J'ai fermé les yeux et pour quelques secondes, je me suis dit *ça y est j'y suis, c'est la Californie.*

Abdé m'a tendu un pétard qu'il venait juste de rouler. J'ai tiré une longue latte. Sylvain détestait qu'on fume, il se vexait à chaque fois. Dans ces moments, il ne pouvait pas s'empêcher de caricaturer son père. Combien de temps allions-nous devoir subir ça, la tyrannie de ceux qui sont passés avant, comme si nous étions obligés de faire semblant de marcher dans leurs pas ?

On s'est passé le joint. C'était bon. On a réprimé un fou rire. Puis Abdé m'a dit de le finir, il a pris une grande inspiration et a disparu dans le jardin. J'ai entendu son corps percuter la surface de l'eau de la piscine, puis le silence tandis qu'elle refluait sur les bords. Mes yeux se sont attardés sur les restanques en pierre et les plants de lavande dévorés par les abeilles et les bourdons, sur les arbres fruitiers, cerisiers et pommiers, où l'herbe verte commençait à jaunir, sur les trois pins parasols qui plus loin dessinaient avec la mer un tableau comme ceux que l'on peut acheter pour deux billets au bas du marché. Je faisais le tour de la maison quand j'ai entendu une voiture entrer dans la propriété. J'ai longé le mur arrière – il y faisait plus frais mais la rigole d'évacuation des eaux de pluie était remplie d'insectes gonflés par l'humidité, des mouches mais aussi des guêpes en nombre, et l'odeur m'a rappelé celle des champignons et de l'humus, toute cette matière qui meurt et qui pourrit, quand on soulève la mousse sous les chênes. Sur le parking, une méhari orange était garée, et le dos d'une jeune femme entrait dans la maison.

J'ai essuyé une goutte de sueur sur mon front. Une légère nausée m'a pressé la poitrine. C'était désagréable mais doux, un vertige que j'aurais aimé chasser mais qui me rendait conscient de chaque centimètre de mon corps. J'aurais pu me laisser aller et m'effondrer sur le gravier, et attendre que le paysage s'arrête de tanguer, ou bien me ressaisir.

J'étais pieds nus, torse nu, en maillot de bain. La fraîcheur des carreaux sous mes pieds était agréable. Dans le salon, les canapés en cuir noir formaient un angle devant la télévision et la cheminée ; la table basse en verre était recouverte de livres d'architecture et de décoration qui n'avaient sans doute jamais été ouverts. Aux murs, des tableaux rappelaient des paysages du Sud mais aussi des formes plus abstraites.

Un sabre chinois était accroché sur un pan de mur donnant dans le couloir.

J'ai avancé à pas lents. Je me sentais coupable d'entrer dans cette maison sans y avoir été invité mais excité de découvrir l'intimité de personnes que je connaissais et qui ne se doutaient pas de ma présence. Les meubles de la cuisine étaient en laque rouge et l'escalier en bois massif. J'ai entendu de la musique et mis un pied sur la première marche. Ma main s'est posée sur la rampe. Une fois à l'étage, ça sentait le parfum d'intérieur boisé, mais aussi le linge de maison frais et épais, j'aurais pu entendre les voix du matin, *Sylvain tu descends*, *Mélanie dépêche-toi on va être en retard*, ou les murmures de la nuit et les bruits sauvages de la forêt. La musique ressemblait à un chant religieux, j'ai reconnu l'air car Zégut l'avait passé une fois, Dead Can Dance, *The Host of Seraphim*. J'ai toujours détesté ce genre de morceau parce qu'il te crie dans les oreilles qu'il faut être ému et qu'il serait temps de te recueillir un peu. Une vraie saloperie.

La porte était ouverte et Mélanie était agenouillée de dos, sur une moquette épaisse comme le limon d'un marécage, devant une chaîne stéréo, manipulant des cassettes à la recherche du titre parfait. Je suis resté un moment à la regarder : elle portait un T-shirt noir sans manches, un jean moulant et des baskets montantes. Sous ses cheveux sombres et coupés court, je pouvais deviner la peau pâle de son cou. Je ne savais pas que Mélanie était gothique. Un truc à geler sur place. Mais elle s'est retournée et m'a regardé et ses grands yeux noirs soulignés de khôl m'ont percuté. Ils se sont glissés en moi, tout comme ses lèvres ourlées, et surtout la forme anguleuse de son visage a piétiné mon cerveau.

— Salut Marcus, tu cherches quelque chose ?

Je n'ai pas su quoi répondre, j'ai balbutié un truc, et me suis senti con.

— Les chiottes ? C'est la porte à côté.

J'ai murmuré un *merci* et j'ai filé sans pouvoir la regarder. Aux toilettes, assis sur la cuvette, pissant quelques gouttes, j'ai fixé mes mains qui tremblaient. Je ne l'avais pas vue depuis des mois, plus d'une année peut-être. J'ai fermé les yeux et pensé aux siens, bleus et immenses, que je ne voulais pas voir disparaître, j'ai tendu les lèvres dans une sorte de baiser, mais j'ai embrassé la porte.

Je suis redescendu. Sylvain et Abdé enchaînaient les plongeons. Assis sur un transat, incapable de dire un mot, je me suis senti condamné à me repasser en boucle l'apparition de Mélanie en sachant qu'elle ne se reproduirait plus jamais et qu'aucune autre forme d'interaction ne serait possible. Quelques minutes plus tard, on a entendu la méhari démarrer et quitter la propriété. Je me suis redressé et j'ai sauté dans l'eau en hurlant de toutes mes forces *allez tous vous faire enculer*.

*

J'étais allongé dans ma chambre, par terre, il faisait nuit, j'écoutais *Never Let Me Down Again* de Depeche Mode. Je pensais à Mélanie et déjà son visage disparaissait, je n'en discernais que les contours et deux taches noires opaques à la place des yeux.

Annie avait de nouveau disparu. Je ne savais pas où elle était partie, ça faisait plusieurs jours que je ne l'avais pas vue. J'ai demandé à mon frère qui ne m'a pas répondu. Après l'épisode de la Basse-Ville, elle m'avait promis que les fugues, c'était fini, mais je n'avais pas pris sa promesse au sérieux.

Je me suis redressé pour m'allonger sur le lit et j'ai enclenché une nouvelle cassette que j'avais réalisée en enregistrant les titres qui passaient à la radio. J'ai appuyé sur « Lecture » et *Precious Little Diamond* de Fox The Fox s'est mis à jouer. Mes yeux se sont perdus dans le plafond et les franges des fanions accrochés au mur. J'ai enlevé mon T-shirt et senti le vent entrer par la fenêtre. J'ai ouvert les yeux en grand, me suis redressé et j'ai attrapé *L'Année du football.* L'argent n'avait pas réapparu, Annie n'avait rien laissé avant de partir. J'ai tourné les pages suivantes, aucun billet. Annie était partie. Elle ne reviendrait pas ce soir, ni demain, ni jamais.

*

Traditionnellement, le 15 août, les cloches de toutes les églises se mettent à sonner. On l'a toujours fait par ici et plus qu'ailleurs. Les gens du coin aiment bien la Vierge Marie, je n'ai jamais trop su pourquoi. Ils doivent en avoir marre d'être seuls et cette femme qui regarde le ciel avec l'air de dire *c'est bon, je m'en occupe*, ça doit les rassurer.

Je n'avais pas tout de suite pris la piste cyclable. J'avais plutôt longé l'avenue qui monte derrière à travers un quartier de maisons de riches. On y voyait peu de voitures, ou alors elles étaient bien cachées ; on y croisait surtout des vieux avec leurs grosses lunettes de soleil qui allaient à pied ramasser leur courrier au bout de l'allée, ou faire leurs courses à la supérette. À l'époque, je me demandais ce que ça faisait de vivre au quotidien dans une villa où il fallait près de dix minutes pour faire le tour du parc et pas loin de cinq pour passer de la chambre à la salle de bains. La plupart des demeures affichaient un nombre impressionnant de fenêtres, certaines des colonnes, toutes étaient dotées d'une piscine. Les propriétaires raffolaient des statuettes en plâtre, angelots, aigles ou lions. Ils les postaient bien en évidence à l'entrée, sur des promontoires en béton armé.

À chaque fois que je passais par ici, je m'arrêtais devant la même maison qui était située un peu à l'écart, à la toute fin du quartier. C'était une bâtisse moins clinquante que les autres. Elle formait un angle entre la rue principale et une impasse. À travers le portail en fer forgé, on apercevait la façade et la cour qui la précédait. Le sol était recouvert de gravillons.

Un passage étroit longeait la maison et rejoignait sûrement un autre jardin situé à l'arrière. À gauche, un massif de fleurs au milieu de rocailles avait été fabriqué et posé là dans un semblant de naturel, comme s'il était sorti de terre sous une soudaine pression tellurique. Les propriétaires avaient dû imaginer ce coin pour les déjeuners et les dîners l'été car il était en partie recouvert d'une glycine plantée sur une armature métallique dont un côté était fermé par un barbecue construit à l'aide de briques que l'on utilise pour les fours à pizza.

La façade de la maison était rose pâle et le crépi commençait à se fendiller. Les volets étaient tous fermés, à l'exception d'une lucarne au premier étage mais la fenêtre était protégée par des barreaux. Elle devait donner sur les toilettes ou une salle d'eau. Sur tout le premier étage courait un balcon. À l'angle droit, un pot de fleurs en terre cuite avait été posé, mais plus rien ne poussait dedans.

Je n'ai aperçu des gens dans cette maison qu'une seule fois. Il pleuvait et ça se passait durant l'après-midi je crois. C'étaient les vacances de la Toussaint, je me rappelle les feuilles de marronnier jaunies qui s'accumulaient sur le sol en sortant de la résidence. Je n'avais pas encore dix ans. J'étais parti faire un tour à vélo et je devais retrouver Virgile sur le terrain de tennis un peu plus tard.

Je suis arrivé par l'avenue. Le quartier était mort, tous les vieux devaient faire la sieste. Un chien était en train d'aboyer, mais de manière mécanique, comme un automate. Un aboiement rauque sortait de sa gueule toutes les deux ou trois secondes. Je me suis approché de la maison où se trouvait le chien et j'ai entendu le deuxième bruit, celui d'un ballon de foot lancé contre une cloison, un son court et mat, lui aussi régulier, comme une claque. Le gamin qui le lançait effectuait toujours le même geste, à la même vitesse, et le ballon décollait et frappait la paroi avec la même régularité. L'aboiement du chien et le rebond du ballon se répondaient. Ce n'était pas beau à entendre, mais assez harmonieux quand même.

J'ai continué d'approcher et ce n'est qu'à quelques mètres de l'entrée que j'ai entendu la troisième harmonique, celle-ci composée des voix d'un homme et d'une femme. Ils se disputaient si fort que l'on pouvait craindre qu'ils en viennent aux mains. Leurs hurlements étaient étouffés car ils étaient émis depuis l'intérieur de la maison. Les volets étaient ouverts mais les fenêtres fermées, ce qui rendait incompréhensibles les insultes proférées. En revanche, une violence folle teintait chaque mot. Le chien, le ballon, la dispute : j'avais l'impression d'entendre une composition où chacun jouait sa partition sans se préoccuper du reste, le hasard s'arrangeant pour que chaque note tombe au bon moment.

Le plus dérangeant n'était pas le son mais ce que je voyais : l'indifférence du garçon shootant dans son ballon à ce qui pouvait bien se passer au premier étage de la maison, ainsi que l'énervement du chien qui semblait en avoir vu d'autres. Oui, tout ça avait un air de déjà vu, comme si la scène s'était produite des dizaines de fois. Le petit garçon qui devait avoir cinq ou six ans paraissait connaître sur le bout des doigts le programme que ses parents lui avaient concocté, et il aurait pu se jeter sous les roues d'un camion à l'angle de l'avenue, rien n'aurait pu modifier le déroulé de l'après-midi. Je suis resté quelques instants sans bouger et il ne m'a pas regardé. Je l'ai appelé mais il n'a pas répondu, seul le chien m'a observé et a aboyé dans ma direction, sans modifier d'une note son aboiement.

Puis les cris se sont arrêtés et les aboiements du chien aussi. Il ne restait que le bruit causé par le ballon contre le mur. Le garçon continuait de taper avec la même régularité. Au moment où j'allais m'éloigner, la porte-fenêtre du premier étage s'est ouverte et une femme est sortie sur la terrasse. Elle portait une chemise de nuit blanche qui lui recouvrait les pieds. Elle avait les cheveux noirs et longs, et elle pleurait. Elle s'est approchée de la balustrade et elle a prononcé plusieurs fois le prénom Luc en direction de l'enfant qui n'a pas répondu, puis elle m'a regardé. La dernière chose que j'ai vue avant de tourner les talons et de m'éloigner, ce sont ses doigts portés à son nez et le sang qui tachait ses ongles.

Pour rejoindre le segment de la piste cyclable, il fallait ensuite traverser un ensemble d'immeubles HLM datant d'une trentaine d'années et qui avait fait l'objet d'un nombre incalculable de campagnes de rénovation avec toujours le même résultat : au bout de quelques mois, les murs se recouvraient d'oxydation et les dalles se fendaient avant qu'elles ne se descellent. On avait l'impression que les immeubles souffraient d'une maladie de la peau, une sorte de pelade contre laquelle il n'était plus possible d'agir, quelles que soient les bonnes intentions.

La résidence Valparaiso n'avait pas d'entrée officielle, c'était la route qui faisait un coude et se faufilait entre les tours, tout au long d'une côte assez raide. Cette cité, c'était le yin et le yang du quartier. Pour certains habitants, on y trouvait tout ce qui était nécessaire à une vie tranquille : des familles solidaires face aux difficultés de la vie. Pour d'autres, elle incarnait le mal absolu, là où se concentrait tout ce que l'homme produit de plus mauvais : drogue mal coupée, alcool distillé dans la salle de bains, paris perdus. Tout ceci, c'est Annie qui me l'avait appris. Elle avait, je crois, voulu me faire accepter assez vite l'idée qu'elle ne serait pas toujours là pour me mettre en garde, comme si, bientôt, elle serait appelée à de plus hautes fonctions au pays des zonards.

Un après-midi, elle m'avait dit de monter dans la voiture, et on avait traversé le quartier. On était arrivés au sommet de la colline, là où tous les immeubles partent en arc de cercle, puis elle avait stoppé la 104, s'était tournée vers moi et m'avait saisi le menton. Elle m'avait dit vouloir m'enseigner une chose fondamentale, qui s'appliquait à ce quartier mais aussi à tous les autres endroits pourris de la planète. Elle m'avait dit *tu vois ici mon chéri, quoi qu'on en dise, c'est plutôt calme, les immeubles ne sont pas si moches, les voitures sur le parking ne sont pas si défoncées que ça, et si tu baisses la vitre, tu verras que tu n'entendras pas grand-chose. Le plus charmant, c'est quand tu viens en fin d'après-midi, à la sortie de l'école : les mamans partent ensemble à la maternelle et ramènent leur marmaille ensemble, et tu sais ce qu'elles vont faire ? Tout ce petit monde va au parc qui a été construit juste en dessous, et toutes les mères s'assoient et papotent, de la famille, du travail, du mari, des fêtes qui approchent ; et tous les enfants jouent ensemble, sur la cage métallique, le parcours du pirate ou dans le bac à sable. Si tu viens en fin d'après-midi, tout ceci est charmant. Un peu plus tard, c'est tout aussi charmant : tu vois les pères qui descendent prendre le frais après le dîner, ils parlent du travail, ils rigolent, ils jouent aux cartes ou aux dominos. C'est ça la vie de quartier on dirait : tout le monde s'entend bien et tout le monde est heureux, quoi qu'on en dise, parce que ces gens ont une fierté, tu comprends, ils ont de l'honneur : même si la cité a mauvaise réputation, eux peuvent te faire la démonstration qu'ici, ça ne se passe pas comme ailleurs. Ici, ils te le diront, règne une humanité incroyable. Entre ces murs, on s'entraide, on ne se laissera jamais crever.*

Après ce long discours, Annie avait posé une main sur le volant puis avait regardé devant elle avant de tourner la tête. Ses yeux étaient rougis, mais il n'y avait pas de larmes. Elle m'avait demandé de la regarder et elle avait repris, *oui tu verras, ils vont tous te dire qu'ici on vit mieux que dans n'importe quel autre quartier, que la solidarité est telle qu'on n'est jamais seul face à la vie et aux problèmes. C'est parfait tout ça. Admirable. Mais ce que je te demande, Marcus, ce que je te demande par-dessus tout, s'il te plaît je t'en conjure, c'est de ne jamais les croire ces fils de pute, ne leur fais jamais confiance, aussi gentils qu'ils puissent paraître au premier abord, tous pères ou mères de famille, sois assuré que le jour fatidique où ils devront agir pour les autres, ils se carapateront comme des cafards sous le placard et tu verras que le quartier, ce fameux quartier de l'entraide et de la cage métallique et du bac à sable, sera en réalité le quartier des plus gros enculés que la Terre puisse compter. Ne les écoute jamais, ne leur fais jamais confiance, et ne les suis nulle part : ils sont comme les autres, ils ont du venin dans la bouche et au bout des ongles, et rien ni personne ne pourra les changer. Reste sur tes gardes, mon fils.*

Pour sortir de la cité, une fois arrivé au sommet, je me suis lancé dans la descente. Les roues fusaient sur le goudron, et le tampon du frein arrière frottait contre le pneu. J'ai tourné à gauche, pris une ruelle et j'ai rejoint la piste cyclable dont l'entrée était délimitée par des arceaux métalliques censés empêcher les vélomoteurs d'y pénétrer. J'ai pris la direction de la résidence et, à mesure que j'approchais, j'entendais l'autoroute gronder plus fort. Parfois, je regardais les gens assis dans les voitures et je cessais de les voir comme des Playmobil qui n'auraient pas d'autre rôle que de défiler dans leurs caisses. J'imaginais que chaque personne avait des pensées, des sentiments, de la rancœur, envie de baiser ou de chier, un passé, des enfants, une maladie, un boulot bien ou pourri, des problèmes d'argent. Chaque petit personnage dans chacune de ces petites voitures avait autant de choses en tête que moi, et cette idée me donnait le vertige. Combien avaient-ils été à penser, au même âge que le mien, qu'ils étaient uniques, et qu'ils comptaient bien échapper aux trois-huit et aux cinq semaines de congé, à la marmaille et la vieillesse ? Combien d'entre eux s'étaient dit aussi qu'il était hors de question de rejoindre le cortège des voitures sur l'autoroute avec un aller simple pour la démence ?

Je suis passé devant la cabane du harki mais les chèvres ne traînaient plus dans l'enclos. Un carton avait été jeté devant la porte où s'entassaient un tas d'affaires en partie pourries. Un homme est sorti de la cabane. Il était jeune et portait la tenue de travail des types qui ramassent les poubelles. Je lui ai demandé où le vieux était passé. Il m'a répondu qu'ils l'avaient trouvé à l'intérieur dix jours plus tôt, mort depuis un bon moment. Je n'ai rien dit, puis j'ai demandé où allaient finir les chèvres. Il m'a dit qu'il n'en savait rien, à l'abattoir sûrement.

*

Une semaine à ne rien faire s'était encore écoulée. Je passais mes journées le walkman sur les oreilles à marcher dans le quartier ou à végéter sur mon lit. Je faisais en sorte de croiser mon frère le moins possible : plus le temps passait et plus sa peau tournait au rouge violacé. Je ne savais pas si c'était le soleil ou le gril du McDo poussé à fond qui lui cramait autant la figure. À vrai dire je m'en moquais pas mal : nous vivions en décalé, et je m'arrangeais pour qu'il y ait toujours assez de lait concentré au frigo, ce truc immonde qu'il ingurgitait à même le tube, pour qu'il n'ait pas matière à la ramener.

La seconde quinzaine d'août était bien entamée quand Virgile est rentré d'Italie. Quelque chose dans l'été avait déjà tourné court. Bien que toujours aussi chaud, l'air semblait vicié, gagné par une humidité que l'on ressentait à la tombée du jour. La lumière aussi avait changé. Il fallait se concentrer sur les ombres des platanes pour se rendre compte de la teinte qu'elles diffusaient. La rouille nous enveloppait et on n'y voyait que du feu.

On s'était donné rendez-vous sur la passerelle et, lorsque je suis arrivé, Virgile était déjà assis sur le rebord, les jambes dans le vide. Ses épaules étaient plus larges, ses bras plus épais, sa mâchoire plus carrée. Je me suis assis à côté, on regardait les voitures.

Il portait des tongs, elles étaient à deux doigts de tomber sur l'autoroute. Sa peau était bronzée.

Virgile m'a raconté ses vacances. Il avait trait des vaches, participé à des fêtes de village ou castré des veaux. La paume de ses mains était calleuse, il disait qu'il avait baisé une fille. Ça s'était passé le jour où son père et ses cousins étaient partis vendre les produits de la ferme sur un marché à deux heures de route. Virgile n'avait pas voulu y aller. En fin de matinée, Alessandra, la voisine qu'il connaissait depuis pas mal d'années, s'était pointée à vélo. Elle avait drôlement changé : plus grande, avec une paire de seins énormes et des jambes épaisses. Ils avaient commencé à discuter puis Virgile lui avait proposé de regarder un film. Ils s'étaient installés dans le salon et à l'entendre, au bout de cinq minutes, ils se roulaient déjà des pelles. Après, Virgile l'avait portée jusqu'à la grange, il l'avait déposée sur un ballot de foin et s'était allongé sur elle avant de la pénétrer. L'affaire avait duré quelques minutes puis la fille s'était relevée et avait ajusté son soutien-gorge et sa culotte avant de partir. Ils ne s'étaient pas recroisés. Virgile a conclu son histoire par un *voilà* et j'ai su que rien de tout cela n'était vrai.

*

Quand j'ai vu Virgile enlever sa chemise, tenter un *moonwalk* sur les dalles mouillées et se préparer à faire une bombe dans la piscine au milieu des invités, je me suis dit que Sylvain avait sans doute eu raison : l'idée de l'emmener avec nous n'avait pas été la meilleure de l'année. Pourtant, quand il m'avait appelé dans l'après-midi pour m'inviter à une soirée chez son cousin, ça me paraissait évident d'inclure Virgile dans la sortie. Une ou deux secondes s'étaient écoulées et Sylvain avait dit *mmmm, tu crois ?* J'avais laissé courir avant qu'il ajoute *OK, on verra bien de toute façon.*

Un peu plus tard dans la journée, j'avais parlé de la soirée à Virgile, et il avait commencé à râler *qu'est-ce qu'on va foutre chez les bourges ?* avant de me demander un coup de main pour rajuster la chaîne de son vélo. Sur le parking, devant son immeuble, les doigts pleins de graisse, je lui disais qu'on n'avait pas tous les jours l'occasion de sortir de notre trou et que le quartier où vivait le cousin de Sylvain était situé sur la corniche avec vue sur la ville, et qu'en plus il y avait une piscine. Virgile a regardé dans le vague, a lâché un *OK, je viens*, puis s'est attaqué au démontage des roues pour remplacer les rayons par des jantes.

Je l'ai laissé à son bricolage et j'ai rejoint la digue à vélo. Il y avait du vent et le soleil tapait fort mais ma peau ne le sentait pas. J'ai enlevé mon polo et suis resté face à la mer. Dans mon walkman, les Housemartins jouaient *The World's on Fire.* Je ne tenais pas en place, je voulais imaginer ce que la soirée allait donner. Je regardais la mer, et les familles qui traversaient le parking de la digue en direction de la plage aménagée : que serait devenu tout ce bordel si dès le départ on avait modifié une ou deux choses un peu bizarres ? Si mon frère n'avait pas été mon frère ; si Annie n'avait pas filé en douce ; si j'avais grandi dans une banlieue de Londres plutôt qu'ici en bord de mer. Je me suis assis en me disant que je détesterais me voir de loin, le type posé sur un rocher qui cherche une issue en regardant les vagues. J'aurais aimé être un autre que moi mais je ne savais pas lequel exactement. Pourquoi je pensais à ça, à ce moment précis ? Sans doute parce que je n'avais pas compris que devant moi se dressait un été en ruine, la fin d'une époque comme on dit, et que bientôt les vagues nettoieraient tout ça sans l'ombre d'un regret.

J'ai repris mon vélo et longé l'anse en roulant au milieu des grappes de touristes agglutinés sur les pelouses. Je n'avais pas envie d'entendre la plage en version originale, les cris et les vagues, les tongs qui raclent les dalles et le vent dans les palmiers. J'ai accéléré en direction du fort militaire mais un grillage m'a empêché de continuer et j'ai dû rentrer. Les platanes grillés par l'été avaient perdu leurs feuilles qui commençaient à boucher les égouts. Sur la place, les types de l'entretien lavaient au jet ce qu'il restait du marché, au milieu des clodos qui cherchaient quelque chose à mettre dans leur sac en plastique.

L'appartement était désert, j'avais fermé les fenêtres et tiré les volets avant de partir pour conserver la fraîcheur du matin, mais c'était cause perdue. J'ai filé sous la douche et, lorsque j'en suis sorti, mon corps rouge clignotait dans le miroir. Tout ce temps sur la digue, j'avais cuit à petit feu. J'ai pioché dans la boîte à maquillage d'Annie et n'ai trouvé qu'une palette de terracotta dont je me suis enduit le visage en espérant atténuer les rougeurs. Mais j'ai fini par ressembler à un vieux sur le port de Saint-Tropez.

Fabien, le cousin de Sylvain, habitait avec ses parents dans une villa de plain-pied située au début de la corniche. La maison était en retrait de la route car un parc avait été dessiné dans le prolongement de la terrasse et d'une piscine aux dimensions olympiques. Fabien devait avoir seize ou dix-sept ans, mais il avait l'habitude de vivre seul. Une de ses tantes passait le voir de temps à autre et s'assurait qu'il ne s'était pas noyé ou électrocuté avec le grille-pain. Son père était radiologue et sa mère phonéticienne. Lui participait à longueur d'année à des colloques sur l'œil et ses mystères ; elle bossait dans une université à Paris où elle enseignait « l'art de la prononciation ». C'est ce que m'avait dit Sylvain. Mais ni lui ni moi n'étions capables de savoir ce qu'on entendait par là.

Quand on est arrivés à la soirée, les amis de Fabien s'agglutinaient déjà autour du buffet. On a jeté nos vélos sur la pelouse et remonté l'allée. Virgile a affiché un large sourire que je ne lui connaissais pas. Je n'ai pas eu le temps de réagir car Sylvain est venu à notre rencontre. Il portait une chemisette blanche et un pantalon à pinces sur une paire de Sebago marron. Virgile l'a bien reçu :

— T'es classe, Syl-Nain.

L'autre s'y attendait.

— Toi aussi, Gros. T'as mis les pompes de ton père ?

Sans attendre de réponse, Sylvain s'est retourné et nous a guidés vers la terrasse où la sono jouait un air que j'avais entendu dans la chambre de mon frère, un truc country avec des guitares qui parlait de champs de blé moissonnés et de bal dans un village du Tennessee. Je n'ai pas bougé durant quelques minutes. J'avais le pied posé sur une dalle mal scellée et je regardais la foule autour de la table. Les garçons, en vestes et chemises, tenaient leurs verres de vin entre le pouce et l'index. Les filles, plus âgées que nous, portaient des robes courtes, noires ou blanches. Bien qu'éloigné, je pouvais sentir le parfum poudré de leurs cheveux. Leurs chevilles étaient fines et bronzées ; leurs pieds, des perfections nettoyées de tout durillon, corps, peau morte ou talon calleux, et rehaussées de vernis à paillettes. J'attaquais l'inspection des mains quand Virgile m'a tendu un verre rempli d'un liquide transparent et d'une rondelle de citron vert. J'y trempai les lèvres et ma bouche a pris feu, avant de laisser la saveur du rhum sucré tapisser ma gorge.

Ma vue s'est troublée et j'ai fini le verre. C'est là que je l'ai vue, quand je me suis approché de la table pour me resservir et qu'elle a tourné la tête, hésitant d'abord à me regarder, puis posant avec dédain les yeux sur moi. Rebecca, une des plus belles filles du collège, et meilleure ennemie de Noémie-Mélodie, se tenait debout à quelques mètres de moi.

Jusqu'à minuit je crois, la soirée s'est déroulée convenablement. Tout le monde discutait et riait autour de la piscine. Le soleil disparaissait derrière la colline et abandonnait la terrasse à une obscurité cotonneuse. Puis la nuit a gagné la partie et tout le monde s'est mis à danser. J'étais toujours près de la table, alternant rhum et saucisson, et ne quittant pas des yeux Rebecca que j'aurais dû fuir dès la première seconde où je l'avais aperçue. C'était une fille canon avec de longs cheveux noirs et raides, des yeux en amande et une mâchoire anguleuse. C'était aussi la seule à porter un pantalon – je ne l'ai jamais vue en robe – et une tunique marocaine de couleur écrue et sans manches, sur des sandales de marque, à talons et à lanières de cuir épais. Après trois verres, je me suis approché d'elle, lui ai demandé comment elle allait, si l'été se passait à son rythme, si elle voulait que je lui serve quelque chose à boire. Je ne reconnaissais pas mes mots, et ne voulais pas voir son regard qui s'enfonçait en moi pour m'arracher les rétines et les piétiner. Je balayais d'un revers de la main tous les signes d'impatience qu'elle m'adressait. À plusieurs reprises, elle a tenté de s'éloigner mais je la retenais et lorsqu'elle y parvenait, profitant d'un moment d'inattention dû à un réapprovisionnement du côté de la table, je lui laissais quelques minutes de répit puis la rejoignais, me faufilant parmi la foule.

Près de la piscine, Virgile évoluait parmi les invités avec assurance. Il distribuait des sourires aux filles, tendait une coupette aux garçons, et ne manquait jamais d'humour ni d'autodérision quand, au milieu d'un groupe, racontant une aventure de son père, il mimait l'étonnement, la surprise ou l'indignation. Une heure plus tard, je l'ai même vu discuter avec Kurt, le meilleur ami de Fabien, un Allemand installé en France avec ses parents depuis près de dix ans et qui ne nous avait jamais signifié autre chose que son plus profond dédain. Désormais Virgile et lui discutaient comme deux vieilles connaissances, heureuses de se retrouver après une trop longue séparation.

De mon côté, je ramais. Rebecca, lassée de me voir agrippé à ses chevilles, tentait de me semer par tous les moyens. Ne la voyant plus, j'inspectais le jardin et, l'apercevant, je courais derrière et l'appelais d'une voix rendue pâteuse par le rhum. Tandis qu'elle se gardait bien de se retourner et que je m'en approchais, dévorant à quelques pas la peau satinée de ses épaules nues, je trébuchais et ne trouvais rien d'autre à faire, pour éviter la chute, que de m'accrocher à sa longue queue-de-cheval lisse et noir de jais. Rebecca tombait en arrière et s'effondrait sur moi en hurlant mais à peine reprenais-je mes esprits qu'elle s'était redressée et m'administrait un magistral coup de pied dans les côtes en me traitant de tous les noms.

Je restai quelques minutes allongé puis j'ouvris les doigts : une touffe de cheveux sombre y était collée.

Une fois regagnée la terrasse, une main me tenant les côtes, je découvrais que Virgile avait pris les manettes de la sono. *Money for Nothing* de Dire Straits braillait dans les enceintes et lui, seul au centre de la piste, mimait le solo de guitare. La composition de l'air s'était modifiée. La bienveillance de l'assemblée avait fait place à une sorte de crainte ou de sidération. Les invités qui l'avaient côtoyé, dans un réflexe de survie et sentant que la situation allait bientôt dégénérer, prenaient le large. C'est là que Virgile a décidé d'enlever sa chemise et d'entamer son pas de danse favori, le *moonwalk*, avant de prendre de l'élan avec la piscine en ligne de mire.

Quelques secondes se sont écoulées entre le moment où Virgile a regardé sa cible et celui où il a décidé de s'élancer. Pendant ce court laps de temps, dégrisé par l'épisode Rebecca, j'avais espéré qu'il change d'avis. Mais Virgile ne renonçait jamais aux plans qu'il avait échafaudés de longue date. Il s'était mis à courir, avait pris son élan et réalisé une formidable bombe parmi les invités qui avaient décidé de se baigner.

L'effet avait été immédiat : un nageur, Kurt en l'occurrence, percuté de plein fouet, flottait à la surface, inanimé, et les convives qui n'avaient pas pris la précaution de s'éloigner se sont retrouvés trempés par l'impressionnante gerbe d'eau. Virgile avait regagné le bord tranquillement à la brasse, puis il avait traversé la pelouse dans ma direction : *on se tire ?*

*

Je n'arrivais pas à savoir s'il avait les yeux rougis par le chlore, la fatigue, ou si une forme d'abattement l'avait cueilli quand nous avions quitté la villa pour prendre la direction du port. Assis sur des chaises de jardin, à la terrasse d'un des rares cafés ouverts à cette heure-ci, deux menthes à l'eau posées sur la table, on regardait les voitures passer devant le stade. Il n'était pas présent, à côté de moi, je n'aurais pas pu dire dans quel état il se trouvait. Il venait d'effectuer une bombe magistrale, la soirée était fichue et nous n'avions pas attendu pour reprendre nos vélos et filer, chacun de nos gestes suivi par des dizaines de paires d'yeux qui souhaitaient notre mort.

Virgile est revenu à lui et m'a fixé. Je lui ai demandé si ça allait, mais il ne m'a pas répondu tout de suite. Il a regardé ses chaussures, reniflé un grand coup, craché un glaviot épais, puis a plongé ses yeux dans les miens. Ce qu'il venait de réaliser relevait du coup d'éclat, la seule chose gratuite et inutile qu'il nous était encore possible de faire. Je lui en voulais et en même temps je l'enviais. Le coup d'éclat, c'était finalement le seul moment, même bref, où on pouvait arrêter de fuir et d'avoir peur. Où on relevait la tête pour la beauté du geste.

*

J'ouvrais les yeux et les cigales me vrillaient les oreilles. Je les entendais malgré le vent qui faisait craquer les troncs des pins devant l'immeuble. Le volet était fermé mais j'imaginais les branches fines et longues comme des bras en train d'onduler. J'avais toujours l'impression qu'elles allaient tomber sur l'alignement des voitures garées en dessous.

Mon corps n'avait pas chassé tout le rhum que j'avais bu la veille. Je le sentais encore engourdir mes jambes, ça ressemblait à la douleur de la grippe, quand les tendons derrière les genoux et les muscles des cuisses ne sont bien ni en extension ni fléchis. Mes jambes étaient prises de tremblements. Ma tête aussi me faisait mal. Je me suis assis sur le lit, j'ai regardé mes pieds, les deux mains posées sur le matelas. Je revoyais la villa de Fabien, la table blanche et les invités autour de la piscine, Kurt flottant à la surface, et Rebecca et sa tunique blanche, toutes ces filles canon, et Virgile au milieu. Puis j'ai vu la nuit recouvrir le jardin, le visage de Rebecca devenir flou, un flash d'elle en gros plan sur moi, et la douleur sur le flanc gauche lorsqu'elle m'a frappé et m'a crié de dégager. J'ai regardé mes côtes, il y avait un énorme bleu dessus, large comme un œuf au plat. J'ai fermé les yeux et j'ai vu Virgile torse nu, Virgile dans la piscine, Virgile assis en face de moi. On avait ensuite repris les vélos pour rentrer. Le jour s'était levé quand on avait rejoint la résidence. Virgile roulait devant moi, il m'avait juste fait un doigt en signe d'au revoir.

J'ai attrapé le walkman posé sur la table de nuit et j'ai fouillé dans les cassettes. Bowie, *China Girl*. Mon corps a basculé sur le côté. Je pensais à Rebecca, à Pénélope, à Mélanie et à Noémie-Mélodie dont je n'avais plus de nouvelles depuis son départ. Je me suis demandé quand elle allait revenir et ce qui allait se passer, tout en sachant qu'il ne se passerait rien si ce n'est l'effondrement, une fois de plus, de tous les plans que j'avais pu échafauder. L'écart entre la réalité et l'idée que je me faisais des choses resterait large comme la deux fois deux voies. Je croyais que le monde était écrit pour moi. Mais je n'étais au final qu'un figurant.

Devant la glace de la salle de bains, le bleu trônait comme une médaille obtenue au Vietnam, la *purple heart* de l'échec, dessinée par une fille en talons en bois et vernis brillant. Il n'y avait personne dans l'appartement. C'était devenu une zone de guerre où des étrangers se croisent entre deux avions militaires. Je regardais dehors et la lumière du soleil m'a fait plisser les yeux. Le vent passait sous les fenêtres. Il était froid. Ça sentait l'automne.

Au téléphone, Virgile m'a dit qu'il venait d'émerger. Il avait un truc joyeux dans la voix, je n'ai pas compris pourquoi. Il m'a dit de venir chez lui, qu'il avait quelque chose à me montrer. Quand je suis arrivé, un film de cul passait à la télé. Les doublages étaient mal faits, je n'arrivais pas à chasser de mon cerveau l'image d'un mec devant un micro qui faisait des soupirs avec sa grosse voix. Virgile m'a dit que ça devait être un film allemand, il avait pris la cassette VHS dans le tiroir à secrets de son père.

Assis à la table du salon, on a mangé du panettone avec un verre de jus de fruits. J'ai demandé à Virgile où son père était, il m'a répondu qu'il ne savait pas trop, qu'il était parti le matin pour une partie de pêche mais avec ce vent lui et ses potes avaient dû se mettre à l'abri. J'ai regardé la toile cirée et les miettes de gâteau et Virgile s'est levé et m'a dit qu'il allait me montrer le truc qui le mettait en joie. Je l'ai entendu chercher quelque chose au fond de la penderie et revenir avec une boîte à chaussures. Il l'a ouverte et en a tiré un objet enveloppé dans un torchon qu'il a posé délicatement sur la table. *Vas-y, regarde.*

J'ai écarté les pans du carré de tissu. C'était une arme, un pistolet, plus tout jeune. À côté, un petit tas de balles. *Un Bodeo. Les soldats italiens s'en servaient pendant la guerre. Il prenait la poussière chez les cousins.*

Il a soupesé le flingue, puis ouvert le barillet vide, l'a refermé et me l'a tendu. J'ai hésité puis j'ai attrapé la crosse. Il était moins lourd que ce que j'aurais cru. J'avais l'impression de tenir le pistolet en plastique avec lequel je jouais chez les parents d'Annie quand j'étais petit. Je me rappelle l'avoir perdu un jour dans le bois, il était tombé de ma ceinture sans que je m'en rende compte. Virgile l'a regardé ; ses yeux brillaient.

Sur la télé, le film était fini depuis un moment et la cassette était sortie du magnétoscope. Je lui ai proposé d'aller faire un tour à vélo mais Virgile a refusé. Il m'a dit qu'il avait envie de dormir, dormir comme jamais.

*

Il faisait nuit. Je n'avais pas envie de rentrer et je suis parti vers le port. Je traînais au milieu des touristes qui marchaient lentement sur la promenade, parmi les stands de bonbons et de souvenirs. Je marchais au milieu d'eux mais j'avais l'impression que, si l'envie me prenait de leur parler, une sorte de membrane m'en empêcherait, comme si on était tenus de rester à une distance raisonnable les uns des autres. Sur les terrasses, la musique se mélangeait aux voix, aux rires, aux bruits de poussettes ou de vélomoteurs qu'on entendait circuler sur le parking. Là-bas, plus loin, les lumières de la fête foraine laissaient croire que l'été allait s'éterniser mais c'était fini : le jour s'était fendu en deux et le crépuscule s'était répandu sur les dalles et avait gagné les murs des lotissements. Bientôt le port serait désert ; l'humidité ferait rouiller les amarres des bateaux de pêche ; tout le monde s'enterrerait pour échapper au vent.

Ce coin allait bientôt ressembler à une zone d'évacuation.

Quelques jours plus tard, j'allais franchir le portail du lycée. Je ne savais pas ce qui m'attendait là-bas. J'avais envie de ne pas y penser, mais je n'avais jamais ressenti aussi fortement le sentiment d'un passage, comme si je me trouvais au-dessus d'un précipice, sur une passerelle de cordes. Tous les autres semblaient si insouciants. Je ne parvenais pas à comprendre pour quelles raisons je ne l'étais pas, et pourquoi je devais à tout prix couper les cheveux en quatre.

Deux musiciens se sont installés au bout du port. La fille portait un perfecto et une casquette en cuir, le garçon, des cheveux noirs et droits sur la tête. Elle tenait le micro des deux mains, il lançait des rythmes à partir d'un synthétiseur posé sur deux tréteaux. J'ai reconnu l'air, c'était une chanson de The Cure, j'avais l'album en cassette. Je suis resté un moment face à eux, ils semblaient si différents du décor. Des familles se sont arrêtées puis sont reparties, deux mondes qui n'avaient rien à voir. Comme aller à la plage en santiags et pantalon en cuir, ou filer à un concert de Depeche Mode en tongs.

J'étais fasciné par la pâleur de la fille. Sa peau était presque translucide. J'avais envie qu'il fasse froid et nuit tôt, que l'hiver ait nettoyé la côte, le ressac de la mer, le sable et la plage, et que les vagues passent par-dessus la digue. La chanson était terminée, personne n'a applaudi. La fille a tendu un chapeau mais personne n'y a laissé tomber de pièces. J'ai récupéré mon vélo et j'ai pédalé en direction de la maison. Quand je suis passé devant la fête foraine dont le parking était en train de se vider, j'ai vu le panneau lumineux à côté du Banzaï, les montagnes russes aux deux loopings. *La partie est finie* scintillait au milieu des palmiers et des guirlandes éteintes.

*

Je n'avais pas de nouvelles de Virgile depuis deux jours. Je l'avais appelé à plusieurs reprises, sans réponse. Je suis passé devant son immeuble, au bout de la résidence, j'ai sonné à l'interphone, rien. Une voisine est sortie, je lui ai souri, on a échangé quelques mots, mais elle ne savait pas où Virgile était passé. Son père non plus ne semblait pas être dans le coin. Je suis monté au troisième étage et j'ai frappé à la porte, puis j'y ai collé l'oreille. Aucun bruit. J'ai écrit sur un bout de papier qu'il m'appelle et l'ai glissé dessous.

*

Dimitri est entré dans ma chambre. Il avait les yeux rougis et je n'ai rien compris à ce qu'il marmonnait. Il était à peine 17 heures. Ça faisait des jours que je ne l'avais pas vu et je ne savais toujours pas où était passée Annie. Je lui ai posé la question et il a bafouillé qu'il s'en foutait. Je n'arrivais pas à savoir s'il avait bu ou fumé. J'étais accoudé à la balustrade de la fenêtre et je regardais les pins et la colline. Il a parlé dans mon dos et je crois avoir discerné les mots *Elle rappellera*.

— Qui ?

— Ta pute.

Je me suis retourné, il s'en allait. Quelques minutes plus tard, la porte d'entrée a claqué. J'ai compté dans ma tête : à 45, il est sorti de l'immeuble ; à 70, sa 4L est apparue à l'angle ; à 100, il avait disparu de mon champ de vision.

Pourquoi Noémie-Mélodie avait-elle téléphoné ? Était-elle de retour ? Les cours reprenaient dans une semaine et ses parents adoraient ne revenir que la veille de la rentrée. Son père avait modifié la Matra Rancho et fabriqué un plancher en bois amovible qu'il pouvait encastrer à la place de la lunette arrière. Noémie-Mélodie et sa sœur y dormaient pendant que son père conduisait, de préférence de nuit.

Le père de N.-M. était militaire et sa mère n'avait jamais travaillé. On devait avoir huit ans et N.-M. m'avait invité à passer la journée chez elle. On était à table pour le déjeuner et ses deux parents étaient présents. Son père était sous-marinier et partait pour de longues campagnes, puis rentrait pour un ou deux mois. N.-M., Lucie sa sœur et moi étions attablés devant un blanc de poulet et une salade de riz. On avait passé la matinée à jouer en bas de l'immeuble. Sa mère était super belle. Elle était grande, avec des mains très fines, des yeux clairs, et des cheveux longs et bruns. Elle aurait pu jouer les rôles de mère dans des publicités pour du savon ou du lait pour bébé. Elle portait toujours des robes vaporeuses qui tombaient sur ses chevilles ainsi que des spartiates dans lesquelles elle rangeait des pieds parfaits. On déjeunait et elle nous tournait le dos, elle lavait les ustensiles dont elle s'était servie pour préparer le repas. Le père de Noémie-Mélodie était entré dans la cuisine. C'était un homme petit mais trapu, chaleureux malgré une allure et des traits froids. Il cachait bien son jeu. Il s'était approché de la table et nous avait demandé si c'était bon en me regardant dans les yeux. On avait répondu oui, il avait tapoté le bois de ses doigts puis s'était retourné vers sa femme. Leurs cerveaux avaient dû fusionner, et le fil les reliant s'était mis à vibrer, les rapprochant en une seconde : ils se sont enlacés puis embrassés. Je n'avais jamais vu des adultes se rouler une pelle comme celle-là. La mère de N.-M. avait posé la main sur la nuque de son mari et le tenait collé à ses lèvres tandis qu'il pressait sa taille pour l'attirer à lui. N.-M. et sa sœur n'ont rien remarqué car elles leur tournaient le dos. Surtout, je crois, elles étaient habituées. Leur baiser s'est achevé et le père est sorti de la pièce. La mère m'a regardé et m'a souri avant de retourner à sa vaisselle.

Je fixais la route en bas de l'immeuble : ce ruban de bitume menait tout droit chez Noémie-Mélodie. J'ai attrapé le téléphone dans l'entrée et j'ai composé son numéro. Sonneries dans le vide. Ça n'arrivait jamais. J'avais l'habitude d'entendre la voix de sa mère, un filet de voix doux et venu de loin qui à chaque fois me disait *oui Marcus, je te l'appelle, ne quitte pas surtout.*

*

Je l'ai vue assise sur les rochers. Elle portait une robe à bretelles blanche et sa peau était tellement bronzée qu'on devinait son corps sous le tissu. Elle regardait au loin en rangeant une mèche, genre pensive. Pénélope repartait en Norvège le soir même. C'était la cérémonie des au revoir, le grand bal muet, et j'avais dans l'idée qu'elle voulait vivre le truc à fond. Tout l'indiquait : le regard lointain, la mèche bien rangée, la moue boudeuse. Elle a senti ma venue et s'est retournée. J'ai vu la mélancolie dans ses yeux, une de ces tristesses qui se suffisent à elles-mêmes, qui se jouent pour soi. La scène était écrite d'avance. Qu'allait-il en rester le lendemain, ou dix jours plus tard ?

J'ai souri, un peu contraint. J'avais envie d'approcher, de lui demander de se lever et de la gifler de toutes mes forces, pour voir son visage partir sur le côté, les cheveux cachant ses yeux à cause de la violence du coup, et regarder son air bête et stupéfait, ne comprenant rien à ce qui venait de se produire. Finir par l'insulter pour tout ce qu'elle nous imposait, ces images de vieux, et tout ce sucre qui nous collait à la peau.

Je me suis assis, elle a posé la tête sur mon épaule et j'ai passé mon bras dans son dos. On n'a pas parlé. J'aimais bien le parfum de ses cheveux. Elle s'est tournée et m'a embrassé, tout en effleurant ma joue de ses doigts. J'ai posé ma main sur sa cuisse et l'ai serrée. Elle a sursauté.

Elle m'a demandé si je comptais lui écrire. J'ai répondu *bah oui, bien sûr*. Elle a dit qu'elle ferait tout pour revenir l'année prochaine et puis, si je le souhaitais, je pouvais venir en Norvège, ce serait l'occasion de faire du traîneau. J'ai regardé au loin, ce qu'elle attendait, et lui ai dit que ce serait super, sauf qu'en réalité je n'avais aucune envie d'aller dans son pays me geler les fesses sur un truc en bois tiré par vingt boules de poil qui hurlent et qui puent. Mais il fallait faire comme si. Faire comme des amoureux. « Comme des amoureux. » Cette expression a résonné plusieurs fois dans ma tête.

On a marché main dans la main. Le ciel s'était obscurci en raison de nuages qui avaient recouvert la rade. Le vent d'est se levait, Pénélope a ajusté son gilet. À l'arrêt de bus, elle m'a embrassé et m'a serré, posant une dernière fois sa tête contre moi. Je ne sais pas si elle a senti la raideur qui avait fini par pétrifier chacun de mes muscles, mais je crois qu'elle a compris : le jeu était fini. Elle voulait y croire encore, au moins en surface, pour qu'elle puisse se raconter l'histoire en boucle, même des années plus tard. Le bus 21 est arrivé, elle est montée et s'est assise. Elle m'a fait un signe de la main et a tourné la tête. Plus un regard. Elle a souri, et le film s'est achevé.

*

Il était tard. Zégut passait *Maman a tort* de Mylène Farmer. J'étais allongé dans le noir, j'entendais le vent qui faisait crisser les volets et craquer les arbres. L'appartement était silencieux, j'étais seul. Le téléphone a retenti. Je suis sorti de ma chambre et j'ai rejoint l'entrée.

J'ai décroché et n'ai pas tout de suite entendu la voix qui me parlait. Il y a eu un long silence puis j'ai compris qu'il s'agissait du père de Virgile. Il venait de rentrer et avait trouvé le mot que j'avais glissé sous leur porte. Je lui demandais ce qui se passait, pour quelle raison il appelait si tard et où se trouvait Virgile, dont je n'avais plus de nouvelles depuis trois jours. À nouveau, un silence. En fond, j'avais l'impression d'entendre une musique asiatique, comme s'il se trouvait allongé dans une fumerie d'opium de Saigon. Il m'a dit qu'un événement grave avait eu lieu, une chose qu'il n'avait pas prévue, pas anticipée. Il a répété deux ou trois fois qu'il n'avait pas protégé son fils comme il aurait dû le faire, qu'une bagarre du côté du collège avait éclaté, un 3 contre 1, Virgile n'avait pas pu réagir à temps. Il m'a dit qu'il était à l'hôpital et que les médecins ne disaient rien de bon.

Annie a filé en douce de mon appartement, sans prévenir. Les images de cet été-là affluaient, je lui parlais mais à un moment je me suis retourné et elle avait disparu. Je me suis assis sur le lit et j'ai pris ma tête entre les mains. J'avais à mes pieds un sac de sport où, tout en lui parlant, j'avais rassemblé mes affaires. C'était le moment. Je l'avais d'abord regardée sans bouger, en appui sur un coude, clignant des yeux et craignant qu'elle ne disparaisse avec le jour qui se levait. Mais elle était restée au milieu de ma chambre, avec toujours ce même sourire en coin. Elle n'avait pas parlé, et je n'avais pas osé lui adresser la parole. Je m'étais levé lentement et j'avais avancé vers elle. Annie avait planté ses yeux dans les miens. Elle était si réelle que j'aurais pu sentir la chaleur de sa main si elle l'avait posée sur ma joue.

Les retrouvailles avaient duré toute la matinée. J'étais allé à la salle de bains et j'avais pu voir son reflet dans l'étroit miroir qui surplombe le lavabo. Je m'étais aspergé le visage. Annie était là, tel un hologramme qui s'orienterait en fonction des déplacements du spectateur. L'eau avait coulé sur mes joues comme des larmes et s'était refroidie avant d'atteindre ma poitrine. Je m'étais séché, j'avais enfilé un T-shirt propre et m'étais dirigé vers le coin cuisine pour préparer du café. Elle s'était assise sur un tabouret tout près de moi tandis que je trempais une tartine dans le bol fumant, le visage délicatement posé dans le creux de sa main, les yeux brillants, elle était heureuse de me voir et souriait. Je lui avais dit *Annie qu'est-ce que tu as foutu durant ces vingt années, tu m'as tellement manqué.* Et c'est alors que je me suis rappelé : on était le 4 juillet.

*

L'Été railleur ne s'était pas manifesté depuis des années. J'en avais presque oublié sa silhouette sombre sous cette capuche, cette pose menaçante et ce faux rire quand je croisais son chemin. Il avait cessé de se moquer de moi pour me laisser l'illusion d'une vie normale, coincé entre les deux fois deux voies de l'autoroute, à deux pas de l'immeuble où vivait N.-M. Puis, peut-être vers mes dix-sept ou dix-huit ans, j'ai senti dans l'air son grand retour, une brise légère qui avait le parfum aigre de l'instabilité et de la peur. Quand j'allais au lycée, puis plus tard au magasin de location de K7 et DVD où l'on m'avait embauché, je le croisais souvent, du moins je l'apercevais, adossé à un mur, ou marchant en rythme, hiphopeur à deux balles zigzaguant sur les trottoirs pour faire peur aux vieilles personnes.

C'est fou ce qu'une vie tient en peu de place finalement. Il suffit de ne pas être trop sentimental et de penser efficace. Rationnel. Les sentiments pèsent lourd et ruinent les épaules. Mieux vaut garder ça pour les jours fastes, les années de contemplation où l'on prend le temps de se raconter, avec aisance, toujours la même litanie devant des filles trop jeunes un verre de vin à la main.

Ça ne fait pas très longtemps que j'ai compris que tout était lié, que ce qui se jouait en ce moment avait ses racines dans l'Été railleur, il y a vingt ans. Que les changements qui s'étaient opérés avaient bouleversé les équilibres. Pas seulement ceux d'un gamin de treize ans, mais aussi toute la chimie qui l'entourait. Vous pensez que tout glisse, rien ne vous paraît important, vous vous dites de ne pas trop en faire, tout ceci est d'une banalité affolante et bim ça vous rattrape et vous plaque au sol. Ça vous hurle comme un sergent dans les oreilles qu'il faudrait se remuer et que les choses vont mal finir si pour une fois dans votre vie vous ne vous secouez pas un peu. On est des grosses feignasses, même pas capables d'écouter les vigies qui crient dans nos têtes *attention à la vague*. Moins on bosse, moins on pense, mieux on se porte. Ça, ça devrait durer toute la vie. Hors de question d'entrebâiller la fenêtre. Sinon, on se retrouve au bord d'une autoroute, sous la pluie, à ressasser tout ça, à se dire que c'est la fameuse mécanique des micro-événements qui est en cause. Un truc bien huilé qui laisse peu de place à l'improvisation et qui une fois lancé nous plaque la tête par terre.

L'Été railleur se tient debout, de l'autre côté de l'autoroute, et j'ai l'impression qu'il me fixe, même si je ne peux pas voir ses yeux. Il est apparu durant ces trois mois il y a vingt ans et je l'ai baptisé ainsi parce qu'il adore se foutre de ma gueule et jouer avec moi.

*

Plus je pensais à cet été-là, plus mes souvenirs glissaient. Fixer mon attention sur les événements qui s'étaient enchaînés polissait les images qui avaient sommeillé durant vingt ans. Bizarrement, les premiers jours résonnaient avec fébrilité, des pulsations contre mes tempes, des éclairs stroboscopiques sur une piste de danse ; mais à mesure que ma mémoire convoquait les visages de Noémie-Mélodie, Pénélope, Virgile, Sylvain ou Abdé, leurs traits s'usaient, comme passés au papier de verre. Visages rayés et flous. Leurs voix maintenant provenaient du fond des eaux, des spectres aux cheveux flottants comme des algues, ou d'une K7 audio, au son amorti, jouée mille fois. On vieillit et les vivants prennent l'apparence des morts, nos souvenirs sont des champs de bataille où l'on ne sait plus se repérer, ce que l'on sait, ce dont on est certain, c'est que la boue colle aux pieds et qu'il est chaque jour plus difficile de mettre un pas devant l'autre. On n'est plus étanche, la peau régurgite tout ce que le corps ne peut plus absorber.

*

Les voitures foncent sur l'autoroute tandis que la pluie a redoublé d'intensité. Je n'ai pas bougé, mon écriteau trempé entre les doigts, les yeux baissés sur mes chaussures tandis que les images affluent. Annie est ce matin partie en fumée une nouvelle fois, et la faible lueur du jour glisse au loin sur les immeubles du centre-ville ; la piste cyclable disparaît dans la colline et s'éloigne de la circulation, comme si elle la fuyait.

Les immeubles ont piétiné les espaces vides et gagné les limites du paysage que je connaissais. Ils surplombent désormais l'autoroute à perte de vue. Je ne suis jamais allé au-delà. Les phares des voitures figent les gouttes de pluie et les transforment en centaines de couteaux qui tranchent l'air et foncent en kamikazes sur le bitume. La capuche de mon K-way gris est saturée d'eau. Je longe l'autoroute la tête baissée et rejoins le quartier derrière où les trottoirs sont si étroits que les familles doivent marcher en file indienne. Les murs sont trempés et ressemblent à des peaux humides. Les voitures de police, nombreuses, patrouillent au pas ; on entend le crachotement des radios derrière les vitres teintées. Je l'aperçois blotti dans un anorak à une vingtaine de mètres : Abdé a bravé le couvre-feu pour me retrouver à l'angle où la boulangerie de ses parents se dressait autrefois. La tête recouverte d'une capuche, il me tend une enveloppe.

— Ça va toi, me dit-il.

— Pas mal. Toi ?

— Ville de merde, avec ce temps en plus.

— Ouais.

— Fais gaffe là-bas, pas mal de types pénibles qui rôdent la nuit, en plus des flics.

— T'inquiète.

— Bon, je file.

Abdé me serre dans ses bras puis me repousse d'un coup sec et s'en va, sans même se retourner. Sa silhouette voûtée se faufile entre les gouttes, jusqu'à se fondre dans la noirceur de la végétation qui ronge les grillages.

J'avance dans une rue parallèle à l'autoroute. À chaque fois que je suspecte une ombre derrière un muret, je m'arrête pour m'assurer que la voie est libre. Mes mains tremblent. Il y a quelques années, j'aurais pu parcourir ces ruelles à vélo sans craindre d'être arrêté.

Je me mets à courir jusqu'à la porte en tôle ondulée fermée par un cadenas. Je sors l'enveloppe qu'Abdé m'a donnée et en retire un jeu de clés. Je glisse la plus petite dans le verrou, l'ouvre et pénètre dans le chantier. À gauche se dressent une enfilade de cahutes qui doivent servir aux ouvriers pour se changer ou se reposer. À droite, des matériaux au sol, à l'abandon.

Je reste immobile quelques minutes, pour m'assurer que personne ne traîne dans les parages puis je me glisse le long d'un étroit chemin entre les briques et les sacs de béton pour atteindre l'échelle de la grue qui domine l'esplanade. La nacelle doit culminer à plus d'une cinquantaine de mètres. Je saisis un barreau et commence mon ascension, m'efforçant de garder les yeux fixés sur mes doigts qui se crispent sur l'échelle en métal. Le vent forcit à mesure que je gagne en altitude. J'atteins enfin la cabine du grutier et me faufile à l'intérieur. L'habitacle est finalement assez spacieux : je peux non seulement m'y tenir droit mais aussi effectuer quelques pas à gauche et à droite. Je m'assois dans le fauteuil en cuir, face au panneau de contrôle et aux manettes qui permettent de diriger l'engin. Dessous, la ville m'apparaît en miniature. Je reconnais chaque détail du paysage. Les immeubles dont les sommets se perdent dans les nuages ; les lumières mauves de la Basse-Ville et au loin, celles, plus vives, du port ; les sillons jaune et rouge que dessinent les voitures. Je me tourne vers l'est, en direction de l'Italie : l'obscurité est profonde, comme si le monde, à la limite de ce que je peux voir, chutait dans le vide. Mais une lueur apparaît en suspension au-dessus de la ligne d'horizon. Un clignotement en train d'agoniser qui montrerait la direction à suivre. Je m'allonge sur le ventre, à même le sol vitré, les mains sur les tempes, au-dessus du vide. Alors, je ferme les yeux et les images se mettent à bouger devant moi.

*

Durant toutes ces années j'ai attendu que quelque chose se passe. L'Été railleur m'avait prévenu d'attendre, de ne pas bouger, les autres feraient le boulot et viendraient me chercher. Mais en réalité tout s'était déjà produit. Là où l'Été railleur se trompait – ou peut-être cherchait-il de manière sournoise à me tromper –, c'était qu'il constituait lui-même la seule source d'événements que mon existence allait compter. Dès lors, après ces quelques semaines, la source était tarie. Il ne me restait plus qu'à gérer les conséquences de la disparition d'Annie en attendant un hypothétique retour, les conséquences de l'accident de Virgile en misant sur un éventuel rétablissement, et les conséquences de la folie croissante de Dimitri, en espérant qu'il se tire.

Mais tout cela relève de la pensée magique. Il m'a fallu toutes ces années pour le comprendre. Entretenir l'espoir et l'attente, c'est comme fixer le désert en espérant y voir pousser une ville en suspension. Je n'avais pas compris à l'époque ce qui était en train de se jouer, c'était un lent mais sûr glissement qui vrillerait les choses une bonne fois pour toutes. Un mauvais tour de clé qui donnerait à l'ensemble un air penché. On se rapproche du sommet, et l'angle paraît plus prononcé, à croire que l'édifice va finir par sombrer.

*

Annie nous avait écrit. On a tiré d'abord de l'enveloppe une carte postale. C'était une plage avec des parasols et des chaises longues alignées. Elle était à San Remo et travaillait dans la trattoria de son nouveau chéri. Elle disait qu'il était gentil, c'était tout, rien de plus. Elle avait glissé entre deux feuilles blanches une liasse de billets. Il y en avait un paquet mais Dimitri m'a dit de ne pas m'enflammer, que les lires ça valait que dalle. Mon nom était écrit sur une enveloppe blanche, je l'ai prise pour la lire dans ma chambre. Annie me disait de ne pas m'inquiéter, que tout allait bien. Elle comptait venir quelques jours à l'automne ou à Noël, mais rien de certain. J'ai replié la lettre et l'ai glissée entre mes livres de foot. L'après-midi, j'allais sur le port changer l'argent et faire des courses. J'ai repris l'enveloppe et regardé au dos mais aucune adresse n'avait été écrite.

*

L'inscription paraissait écrasée par la lumière du lampadaire. Quelle heure était-il ? Minuit ? Une heure ? J'avais mis un pied à terre et regardais en arrière-plan les voitures foncer sur l'autoroute. Elles filaient semblables à des insectes qui regagnaient le dessous d'une plinthe. Mes yeux se sont posés sur l'inscription *Les Roseaux*. J'étais devant la résidence de Noémie-Mélodie, trois immeubles de douze étages chacun. Six entrées. Chaque palier comptait deux appartements. Il n'y avait ce soir-là que cinq fenêtres éclairées.

Je me suis engagé dans l'allée et j'ai guidé mon vélo sur le goudron comme si je roulais sur du verre. J'imaginais à chaque instant qu'un type en tricot de corps allait apparaître à une fenêtre et me hurler de déguerpir avant de décharger sur moi son fusil de chasse, ou qu'une grand-mère se mettrait en tête de m'ébouillanter avec une casserole remplie d'huile.

Mais aucun bruit, à l'exception du roulis des voitures sur l'autoroute. Aucune silhouette fuyante dans les ombres projetées par la lueur de la lune, ou dans l'espace qui sépare l'entrée du parc voisin et les places de stationnement laissées libres par les locataires partis en vacances.

J'ai contourné les bâtiments, je me suis arrêté au niveau de l'immeuble de Noémie-Mélodie. J'avais depuis longtemps repéré sa chambre sans même le lui avoir avoué. Elle était reconnaissable aux rideaux roses surmontés d'un motif bizarre, une sorte de boule ou de fleur. Rien de tout cela ne collait à la personnalité de Noémie-Mélodie. J'ai à nouveau regardé ces rideaux moches et me suis dit qu'il était temps de décrocher des murs de ma chambre les fanions de Manchester et de la Lazio de Rome ainsi que le poster de Michel Platini.

J'ai fait le tour de l'immeuble et suis arrivé au niveau de l'entrée, elle était surmontée du chiffre 3. J'ai avancé vers l'interphone comme si voir le nom de Noémie-Mélodie avait pu la ramener en un clin d'œil de ses vacances avec ses parents, ou si l'appareil avait été en mesure de me mettre en relation avec elle d'une simple pression de l'index, où qu'elle puisse se trouver.

La lumière dans le hall de l'immeuble s'est mise à briller. Quelqu'un descendait. Je ne savais plus quoi faire ni où aller. Je suis remonté à vélo et j'ai regagné l'obscurité du parking, manquant de tomber quand mon genou a heurté le pare-chocs d'une voiture garée devant. Une violente douleur m'a envahi mais j'ai réussi à me cacher derrière le local à poubelles. Quelques secondes plus tard, j'ai vu un type sortir, devancé par un caniche blanc. La porte allait se refermer. J'ai couru sans que l'homme me voie et j'ai pu me glisser dans le hall.

Je me suis caché quelques minutes dans le couloir qui menait aux caves. Et si le type m'avait vu et avait rebroussé chemin ? Si un autre locataire était sorti de l'ascenseur ? J'essayais de calmer ma respiration. Ma main tremblait. La lumière s'est éteinte. Je suis resté dans l'obscurité. Curieusement, elle m'apaisait. Après quelques minutes, je me suis décidé à quitter ma cachette mais, à peine arrivé dans le couloir, j'ai entendu la porte se débloquer. C'était l'homme au chien. Je suis retourné dans le coin des caves. J'ai entendu le type devant l'ascenseur qui se raclait la gorge, le frottement des griffes du caniche sur le carrelage, l'essoufflement du chien qui avait couru trop vite, le roulement de la machinerie de l'ascenseur, le grésillement de la minuterie de l'éclairage, les clés du type qui tintaient dans sa main, le talon de ses savates quand il a trépigné, ses quelques mots lâchés à son chien, l'ascenseur approcher puis s'arrêter, la porte se débloquer, les toussotements, la porte qui s'est refermée et l'ascenseur qui s'est mis en branle avant que le silence dans le hall ne revienne complètement.

J'ai gravi l'escalier. J'entendais les bruits de la vie des habitants à chaque palier, les téléviseurs, les casseroles, les mots lancés à travers l'appartement, les jouets d'enfant déclenchés par hasard, les insultes et une porte claquée, une chasse d'eau et des reniflements, des interrupteurs actionnés et le bruit des voitures de l'autoroute en bas. Je suis arrivé au sixième, l'étage de Noémie-Mélodie. J'ai attendu que l'obscurité revienne pour m'approcher de sa porte. J'ai collé l'oreille, la main posée à plat dessus, et j'ai essayé d'entendre ce qui se passait de l'autre côté, à l'intérieur de l'appartement. Je me suis assis sur le paillasson *Welcome* et suis resté dans le noir à tenter de discerner le souvenir de la voix de Noémie-Mélodie.

*

Plus tard, lorsque je suis rentré, j'ai gardé en tête l'image de Noémie-Mélodie sous la douche telle que je l'avais imaginée depuis sa porte, ses cheveux attachés pour ne pas les mouiller, son cul rebondi, l'eau sur sa peau souple, la douceur de ses seins. Je la voyais prendre le temps de se savonner, puis de se crémer, puis de se parfumer. Je pédalais et Noémie-Mélodie a tourné la tête et m'a vu la regarder, elle a attrapé une serviette pour se cacher et a poussé la porte en souriant.

*

Annie nous envoyait de temps à autre une carte postale pour nous donner des nouvelles. Quelques mots de son écriture chaotique, pour nous dire que tout allait bien, ou pour nous souhaiter un joyeux Noël, ou un anniversaire. Elle glissait toujours quelques billets dans une feuille blanche afin que les postiers ne les remarquent pas. Je les récupérais et filais au bureau de change sur le port puis à la poste pour faire des mandats et régler les factures.

Dimitri et moi, sinon, on se débrouillait. Tout le temps qu'il a conservé son poste d'équipier au McDo, côté bouffe, on était tranquilles. Pour le reste, on se serrait la ceinture. Quand j'ai eu quinze ans, j'ai été embauché à l'entretien dans un centre d'animation qui accueillait des enfants le mercredi, les week-ends et les vacances scolaires. J'y allais tous les deux jours, après les cours. Je ramassais le crottin des poneys et nettoyais les enclos des daims ainsi que le poulailler. Mon chef s'appelait Frédo : c'était un colosse recouvert de tatouages qui passait son temps à fredonner des chants nazis. Frédo était skin et il avait trente ans, mais à bien y réfléchir beaucoup se demandaient qui de lui ou moi était le plus âgé des deux. Je crois ne l'avoir jamais vu aussi triste que le jour de la mort de Rudolf Hess. Il s'est recroquevillé en boule sur la terre battue, le corps secoué de sanglots. Je ne savais pas trop quoi faire, alors j'ai couru à la fontaine à eau pour remplir la bouteille vide et lui asperger le visage. Il a bu quelques gorgées, s'est redressé, a posé trois jours de congé, puis il a filé à la gare routière où il a attrapé un bus en direction de l'Allemagne afin de participer à une veillée funéraire.

*

Je rendais visite à Virgile tous les deux jours. La première fois, j'ai eu du mal à trouver le service de neurologie car il n'était pas dans le bâtiment principal mais dans une annexe. C'était un couloir assez réduit donnant de part et d'autre sur des chambres qui restaient ouvertes toute la journée. À l'intérieur, les patients étaient pour la plupart des personnes âgées qui ne bougeaient plus beaucoup.

Virgile occupait une des dernières chambres. Les médecins disaient qu'il était maintenant stabilisé et qu'il pouvait sortir du coma demain, dans un mois ou dans dix ans. On ne savait pas encore dans quel état il reviendrait à lui.

À chaque fois que je venais, M. Botto était là. Le premier jour, il s'était levé et m'avait pris dans ses bras. Il avait vieilli. Il s'était rassis et m'avait expliqué la bagarre entre Virgile et les frères Raccioni. Ça s'était passé en fin de matinée. Virgile était sur la place depuis un moment quand ils étaient arrivés.

Au début, ils n'avaient pas fait attention à lui, c'est lui qui s'était approché d'eux. Il avait sorti un revolver et demandé au plus grand de se mettre à genoux. Il avait alors appuyé le canon contre son front en souriant. C'était la dernière chose qu'il avait faite, sourire, avant qu'un coup venu de derrière ne l'assomme. On ne savait pas encore qui l'avait frappé, l'enquête le dirait bien plus tard. Les trois frères l'avaient ensuite tabassé, et un coup de pied assené en pleine tête avait eu un impact plus important que les autres. Virgile avait été transporté tout de suite aux urgences et la police avait arrêté les trois frères. Le flingue brandi par Virgile était celui qu'il avait ramené d'Italie. Il n'était pas chargé.

Quand j'arrivais dans la chambre, je m'approchais et lui serrais le poignet. Je le regardais dans le lit. On aurait dit qu'il dormait, malgré le tube dans sa bouche et les écrans verts autour de lui. Une infirmière entrait toutes les deux heures et c'était souvent la même, une fille jolie, un peu timide. Je disais à haute voix qu'il avait de la chance et à chaque fois ça la faisait sourire.

Je restais quelques minutes, parfois une petite heure. La plupart du temps, M. Botto sortait pour me laisser seul avec lui. Je ne parlais pas parce que je ne voyais pas ce que je pouvais raconter à un type inconscient dans un lit. Je restais assis, les coudes en appui sur les genoux. Si Virgile m'avait vu, il se serait marré et m'aurait dit d'arrêter de prendre une telle pose.

Avant de partir, je sortais mon walkman et les mini-enceintes. Je les posais sur la table à roulettes et j'enclenchais une cassette de Pink Floyd que j'avais achetée chez Nuggets, la nouvelle boutique de disques qui avait ouvert dans la rue piétonne. Je l'avançais et appuyais sur « Lecture ». Le son grésillait. *Wish You Were Here* se mettait à jouer. Ça faisait mélo mais oui, j'avais envie qu'il soit là.

*

Peu à peu, les cartes postales d'Annie se sont faites plus rares, jusqu'à ne plus arriver. Tout comme ma mère, ses lettres s'étaient dissoutes dans l'air, à la manière d'un trait de désodorisant dont les particules se mélangent aux poussières. Je composais un matin le numéro de téléphone qu'elle avait inscrit au bas d'une carte représentant une plage de Rimini : des dizaines de chaises longues colorées étaient alignées au cordeau devant des terrasses de restaurant à perte de vue. Je tombais sur un type à la voix éraillée qui m'a dit dans un français hésitant qu'Annie était partie sans prévenir deux semaines plus tôt. Il m'a ensuite dit qu'elle avait laissé une ardoise assez conséquente du côté du bar et que j'étais invité à la régler au plus vite par mandat postal. J'ai raccroché. Puis c'est Dimitri qui a pris la tangente, à moins que son corps ne croupisse encore derrière une digue en bord de mer. Il a disparu sans laisser de trace, du jour au lendemain. Au début, j'ai mis son absence sur le compte d'une virée entre potes. Mais Dimitri n'avait pas plus de potes qu'auparavant, les seuls types qu'il s'était mis à fréquenter venaient d'installer leurs caravanes sur un terrain vague, en bordure d'une zone humide, et passaient leurs journées à cracher du feu ou à s'entraîner au diabolo. Ils avaient quitté le Nord pour rejoindre le soleil, disaient-ils, et toutes les promesses que les simples d'esprit croient voir dans le Sud.

Ce matin-là, Dimitri était parti sans un mot pour prendre son poste au McDo. J'étais habitué à voir sa 4L garée quand je revenais du lycée et à entendre de la musique et des murmures provenant de sa chambre à la porte fermée. Mais ce soir-là, rien. Pas plus que les jours suivants. Dimitri était parti. Personne ne l'avait vu. Ni lui, ni sa voiture. C'était comme ça.

*

L'appartement était désert et je n'avais pas envie de rester dans ma chambre. Je pédalais dans la descente pour gagner de la vitesse et me propulser au plus loin sur l'avenue qui s'allongeait devant moi. Les rues étaient figées, sales, presque insalubres, rongées par les papiers qui s'amassaient au bas des immeubles et les ordures que les services de la voirie n'avaient plus envie de ramasser. Je ne savais pas où j'allais mais je voulais la voir. J'ai longé les barres d'immeuble, et j'ai repris le boulevard du port pour bifurquer sur la droite, en direction des quais de plaisance. J'ai ralenti et je l'ai aperçue, elle était là comme chaque soir, debout dans la contre-allée. Elle arpentait le trottoir en attendant qu'une voiture s'arrête. Elle tentait de tromper l'ennui en longeant les lauriers-roses et la grille verte du port de commerce qui était restée ouverte. C'était là qu'elle les emmenait.

Elle ne pouvait pas me voir car j'avais arrêté de pédaler et posé un pied à terre de l'autre côté du rond-point, dissimulé par un palmier dont les branches s'agitaient à mesure que le mistral forcissait dans la rade. Elle portait le même minishort en jean, des talons compensés et un haut échancré. À son épaule gauche pendait un sac dans lequel il n'aurait pas été étonnant de trouver, si on venait à le retourner et à en éparpiller le contenu sur le sol, des mouchoirs, du maquillage, un peu d'argent, du gel intime et des préservatifs.

Je l'avais toujours trouvée attirante et moche, mais je n'avais jamais osé m'approcher d'elle, lui demander de m'emmener derrière la grille, lui donner tous les billets que j'aurais pu récolter dans ma chambre et la laisser faire en fermant les yeux. Je regardais ses jambes perchées sur ses chaussures, ses cheveux noués dans une natte, ses lèvres épaisses et rouges, son chemisier qui flottait sur ses seins. Je ne voyais pas les ongles griffus, la peau granuleuse, les talons craquelés, les jointures épaisses.

Je ne bougeais pas et tentais de toujours la garder dans mon champ de vision, malgré le mouvement des arbres et le vent. Je l'avais toujours vue à cet endroit précis et j'avais tenté d'imaginer ce qu'était le reste de ses journées, son appartement, ses amis, sa famille. Elle était là mais sans y être, n'affichant aucune joie ni tristesse, absente à tout, même au sol qui la soutenait. J'ai baissé la tête et j'ai pu voir une voiture qui s'était arrêtée à sa hauteur. Elle s'était penchée à la fenêtre du passager, avait dit quelques mots puis elle était montée à l'arrière. La voiture a démarré en trombe. J'ai eu seulement le temps de remarquer que deux hommes étaient installés à l'avant.

*

Le lendemain soir, je suis repassé à vélo près des Roseaux et j'ai levé les yeux vers la fenêtre de N.-M. La chambre était éclairée. Je suis resté là un petit moment et je l'ai vue apparaître. J'ai fait le tour du bâtiment pour m'approcher de l'interphone. Au bout de quelques minutes, la voix de sa mère a résonné. J'ai demandé si N.-M. était là.

Elle est descendue et s'est plantée debout face à moi. Elle portait un jean blanc et un T-shirt blanc avec une licorne dont la crinière était faite de perles brillantes. Elle avait les mains coincées dans ses poches arrière et se faisait rebondir contre le crépi rose de l'immeuble. Elle mâchouillait un chewing-gum. Je me suis senti plus petit qu'elle. Son regard fuyait le mien.

Elle m'a annoncé que son père avait été muté. Loin. Un pays chaud. Ils déménageaient dans quinze jours. Je lui ai demandé si elle était contente, elle a haussé les épaules. Puis elle a souri et m'a dit que ça allait être super, qu'il ne pleuvait jamais là-bas. Je lui ai répondu qu'il ne pleuvait pas beaucoup ici non plus, mais elle m'a dit que ce n'était pas pareil. Puis elle m'a lancé qu'il fallait que je songe un jour à arrêter de me plaindre tout le temps. Je ne voyais pas le rapport et je lui ai demandé si elle avait envie d'aller se promener. Elle m'a répondu que non, il était déjà tard, il fallait qu'elle remonte.

Avant de s'éloigner, elle m'a dit qu'elle avait un petit copain, Enzo, il avait trois ans de plus qu'elle et il lui avait promis de lui rendre visite dans sa prochaine maison. Au début, j'ai cru qu'elle racontait n'importe quoi. Mais elle s'est amusée à le répéter plusieurs fois ce prénom débile de joueur de foot, Enzo, en accentuant la première syllabe comme si elle avait appris à parler italien. Elle m'a dit qu'il voulait devenir marbrier, son oncle travaillait dans une carrière pas loin de Venise. Une vie à tailler des pierres tombales et des cuisines. Elle m'a lancé un salut anodin et a fait un geste de la main en reculant. Je suis resté quelques minutes en bas, avant de remonter sur mon vélo et de regagner mon poste d'observation sous sa fenêtre. La chambre était de nouveau éclairée. Je la voyais, elle agitait la tête, comme si elle dansait. Puis elle s'est approchée de la vitre et a regardé en bas, dans ma direction. Elle s'est immobilisée et m'a fixé, mais je ne parvenais pas à voir ses yeux. À la place, deux ombres mal dessinées lui dévoraient les joues et la faisaient ressembler à ces sculptures rongées par l'humidité, le vent et les oiseaux sur les terrasses des immeubles abandonnés du front de mer.

*

La lumière n'était plus tout à fait la même. Le blanc s'était teinté d'orange, mais c'était imperceptible. Tous les matins j'enfilais ma veste en jean pour aller au lycée. L'appartement était un dépotoir, j'étais livré à moi-même.

Je retrouvais Sylvain et Abdé sur le banc avant la sonnerie. On ne parlait pas trop, on regardait les deux entrées côte à côte, celle du lycée général, et celle du lycée professionnel. On regardait les filles et les garçons qui se pressaient pour rejoindre les bâtiments dédiés aux classes de seconde et de première. Parfois, l'un de nous faisait un geste ou hochait la tête en direction d'une personne qu'il connaissait. Puis quand les sonneries retentissaient, on se séparait. *Vous, c'est l'entrée des artistes, moi c'est l'entrée des Arabes*, disait Abdé, et il s'éloignait avec son sac sur l'épaule.

*

Virgile a rouvert les yeux trois ou quatre semaines plus tard. Mais il était incapable de parler, son cerveau avait bien trop morflé. Il est resté plus d'une année dans le service de neurologie. Aux dernières nouvelles, il est maintenant dans un foyer pour adultes handicapés. M. Botto est mort l'an dernier, dans le studio qu'il louait à côté de la maison d'accueil. Il rendait visite à son fils tous les jours, même quand il ne pouvait plus marcher qu'avec deux cannes. Je lui envoyais tous les ans une carte pour la nouvelle année ; il me répondait avec un origami confectionné par un des ateliers manuels du foyer. Il n'a jamais mentionné si Virgile y participait.

*

Je partais tous les matins à pied au lycée. Je marchais pendant vingt minutes. Je longeais la piste cyclable mais prenais vite à droite et coupais à travers le quartier des tours. Le vent s'y engouffrait. Il y avait un endroit que j'aimais bien, et je faisais en sorte d'avoir assez de temps pour m'y arrêter une minute ou deux. C'était un carré de pelouse dominé par trois pins parasols. L'endroit n'était pas très grand, il séparait deux immeubles d'où je n'ai jamais vu sortir personne. C'était à peine si une ou deux voitures étaient garées à côté. Quand j'arrivais, je me tenais debout à l'angle gauche du carré, devant les trois arbres. Je fermais les yeux et sentais le vent forcir, s'engouffrer sous ma veste et en gonfler les manches. J'ouvrais les yeux et voyais les pins onduler tandis que le soleil courait sur le bitume.

*

Le jour vient de se lever et cette même bande grise s'étend en dessous de moi. Je n'ai pas bougé de la nacelle du grutier durant toute la nuit. J'ai froid. Mes vêtements sont encore humides. Je me redresse et ouvre la trappe donnant sur l'échelle. Un vent glacé s'engouffre sous mon K-way entrouvert. tandis que je descends. Une fois au sol, je referme la porte du chantier et glisse l'enveloppe d'Abdé sous une pierre, comme il me l'a demandé. Je rejoins l'autoroute. La pluie a cessé et le ciel s'éclaircit. Je cherche dans ma poche mon écriteau sur lequel on devine encore le mot « Italie ». Je le tiens droit devant moi, en direction de l'est et de cette lueur clignotante que j'ai aperçue hier et qui a disparu.

Il ne faut que peu de temps avant qu'une voiture s'arrête. Elle stoppe sa course à une dizaine de mètres de moi et je la regarde incrédule. Le conducteur est immobile. Je m'avance, pose ma main sur la portière, et m'incline pour le regarder. C'est une conductrice : elle porte un carré acajou, un jean près du corps et ce qui ressemble à des escarpins. Je me redresse un instant. Les immeubles autour acquiescent, et les cris des mouettes rebondissent sur les murs en brique, comme pour m'encourager. Le soleil se lève sur l'autoroute. Je respire. Alors, je sais que je peux y aller.

Du même auteur :

Nobody, éditions Naïve, 2012.
8 kilomètres, J.-C. Lattès, 2020.

PAPIER À BASE DE FIBRES CERTIFIÉES

Le Livre de Poche s'engage pour l'environnement en réduisant l'empreinte carbone de ses livres. Celle de cet exemplaire est de :
200 g éq. CO_2
Rendez-vous sur www.livredepoche-durable.fr

Composition réalisée par PCA

Achevé d'imprimer en janvier 2023 en Espagne par
BLACKPRINT
Dépôt légal 1re publication : janvier 2023
Librairie Générale Française
21, rue du Montparnasse – 75298 Paris Cedex 06

63/9987/0